共和国故事

青春记忆

——中央关心知青的生活、学习和未来

陈栎宇　编写

吉林出版集团股份有限公司

图书在版编目（CIP）数据

青春记忆：中央关心知青的生活、学习和未来/陈栎宇编. ——
长春：吉林出版集团股份有限公司，2010.3

（共和国故事）

ISBN 978-7-5463-2639-9

Ⅰ．①青… Ⅱ．①陈… Ⅲ．①纪实文学－中国－当代 Ⅳ．①I25

中国版本图书馆 CIP 数据核字（2010）第 045916 号

青春记忆——中央关心知青的生活、学习和未来

QINGCHUN JIYI　ZHONGYANG GUANXIN ZHIQING DE SHENGHUO XUEXI HE WEILAI

编写　陈栎宇

责任编辑　祖航　息望

出版发行　吉林出版集团股份有限公司

印刷　三河市嵩川印刷有限公司

版次　2010 年 3 月第 1 版　　　　2022 年 1 月第 9 次印刷

开本　710mm×1000mm　1/16　　　印张　8　字数　69 千

书号　ISBN 978-7-5463-2639-9　　　定价　29.80 元

社址　吉林省长春市福祉大路 5788 号

电话　0431－81629968

电子邮箱　tuzi8818@126.com

前　言

自 1949 年 10 月 1 日中华人民共和国成立至今,新中国已走过了 60 年的风雨历程。历史是一面镜子,我们可以从多视角、多侧面对其进行解读。然而有一点是可以肯定的,那就是,半个多世纪以来,在中国共产党的领导下,中国的政治、经济、军事、外交、文化、教育、科技、社会、民生等领域,都发生了深刻的变化,中国人民站起来了,中华民族已屹立于世界民族之林。

60 年是短暂的,但这 60 年带给中国的却是极不平凡的。60 年的神州大地经历了沧桑巨变。从开国大典到 60 年国庆盛典,从经济战线上的三大战役到经济总量居世界第三位,从对农业、手工业、资本主义工商业的三大改造到社会主义市场经济体制的基本确立,从宜将剩勇追穷寇到建立了强大的国防军,从废除一切不平等条约到独立自主的和平外交政策,从"双百"方针到体制改革后的文化事业欣欣向荣,从扫除文盲到实施科教兴国战略建设新型国家,从翻身解放到实现小康社会,凡此种种,中国人民在每个领域无不留下发展的足迹,写就不朽的诗篇。

60 年的时间在历史的长河中可谓沧海一粟。其间究竟发生了些什么,怎样发生的,过程怎样,结果如何,却非人人都清楚知道的。对此,亲身经历者或可鲜活如昨,但对后来者来说却可能只是一个概念,对某段历史的记忆影像或不存在,或是模糊的。基于此,为了让年轻人,特别是青少年永远铭记共和国这段不朽的历史,我们推出了这套《共和国故事》。

《共和国故事》虽为故事,但却与戏说无关,我们不过是想借助通俗、富于感染力的文字记录这段历史。在丛书的谋篇布局上,我们尽量选取各个时代具有代表性或深具普遍意义的若干事件加以叙述,使其能反映共和国发展的全景和脉络。为了使题目的设置不至于因大而空,我们着眼于每一重大历史事件的缘起、过程、结局、时间、地点、人物等,抓住点滴和些许小事,力求通透。

历史是复杂的,事态的发展因素也是多方面的。由于叙述者的视角、文化构成不同,对事件的认知或有不足,但这不会影响我们对整个历史事件的判断和思考,至于它能否清晰地表达出我们编辑这套书的本意,那只能交给读者去评判了。

这套丛书可谓是一部书写红色记忆的读物,它对于了解共和国的历史、中国共产党的英明领导和中国人民的伟大实践都是不可或缺的。同时,这套丛书又是一套普及性读物,既针对重点阅读人群,也适宜在全民中推广。相信它必将在我国开展的全民阅读活动中发挥大的作用,成为装备中小学图书馆、农家书屋、社区书屋、机关及企事业单位职工图书室、连队图书室等的重点选择对象。

编　者
2010 年 1 月

一、 调整知青政策

● 邓小平指出：要研究如何使城镇容纳更多劳动力的问题。现在搞上山下乡，这种办法不是长期办法，农民不欢迎。

● 胡耀邦指出：上山下乡这条路走不通了，要逐步减少，以至做到不下乡。

● 1978 年 10 月召开的第二次全国知识青年上山下乡工作会议，对上山下乡政策作几个方面的重大调整。

邓小平胡耀邦主张青年不再下乡

1978 年 3 月 28 日，邓小平和国务院政策研究室胡乔木、邓力群谈话时指出：

要研究如何使城镇容纳更多劳动力的问题。现在是搞上山下乡，这种办法不是长期办法，农民不欢迎。四川 1 亿人，平均 1 人不到 1 亩地。城市人下去实际上形成同农民抢饭吃。

我们的第一步应做到城市青年不下乡，然后，再解决从农村吸收人的问题。归纳起来，就是要开辟新的工业领域，做到能容纳更多的劳动力，其他领域也要这么做。

7 月 3 日，中央组织部部长胡耀邦同国务院知青办主任许世平谈话时指出：

上山下乡这条路走不通了，要逐步减少，以至做到不下乡。这是一个正确的方针，是可能做到的。安置方向主要着眼于城市，先抓京、津、沪三大城市。

根据邓小平、胡耀邦的谈话精神，国务院知青办邀请京、津、沪三市知青办主任座谈，研究城市如何广开就业门路，逐步做到城镇青年多留城、少下乡的问题。

7月20日，国务院知青办在综合研究各省、市、自治区和国务院有关部门的调查报告的基础上，向中共中央、国务院呈送了《关于城镇知识青年上山下乡方针问题的请示报告》。

9月12日，国务院副总理李先念召集国家劳动总局、国务院知青办、团中央等有关部门负责人专门讨论知识青年上山下乡的大政方针问题。

10月9日，李先念主持国务院会议，就国务院知青领导小组呈送的《关于知识青年上山下乡问题的汇报提纲》，第二次专题讨论了知青问题。

在这次讨论中，李先念说：

> 社会上议论很多，四不满意是我讲的。知青不满意、家长不满意、社队不满意、国家也不满意。
>
> 那种认为只有去农村接受贫下中农再教育，才算是教育，我历来不同意。把青年搞下去，两年再整上来，是出力不讨好。如果说只能接受贫下中农再教育，不能接受工人阶级的再教育，那我们的党就不是工人阶级先锋队的党，而是贫下中农先锋队的党。

对于知识青年上山下乡后出现的问题，知青家长之一的李庆霖曾经直接上书毛泽东。

事情是这样的：那是在 1969 年福建省莆田县为了贯彻毛泽东的知识青年上山下乡最新指示，做好知识青年上山下乡工作，对本地初、高中毕业生进行认真排队，逐个摸底，挨家挨户动员，思想不通的就先迁户口、办手续，甚至动用行政手段强制下乡。小学教师李庆霖的儿子李良模也在这种情况下离开父母，到离县城几十里外的贫穷山区荻芦公社水办大队插队落户务农。

按当时政策规定，知识青年下乡后第一年口粮和生活费由政府发给，口粮每月 18 公斤，生活费每月 8 元。

然而好景不长，口粮和生活费仅发了 11 个月就停了。知青们一年到头在山区劳动，不仅没有一分钱的分红收入，而且连口粮也成问题，生活费用年年由家里负担，每年还要贴补几个月的高价粮，日子才能混过去。加上城乡生活存在一定的差别，城里来的知青在农村生活不大习惯，势必带来许多具体困难。

作为知青家长的李庆霖，对自己孩子面临的困难难以解决，其心情可想而知。几年过去了，李良模的处境一直没有改变，而且越来越严重。

出于无奈，李庆霖先到儿子下乡的荻芦公社，向公社党委反映情况，但问题未得到解决。他又去莆田县革命委员会找知青的主管单位"四个面向办公室"反映，仍然毫无结果。

最后，他抱着一丝希望来到莆田地区民事组，将自己儿子的困难以及自己向县、公社反映问题的过程一并作了汇报，地区民事组答应同有关部门联系。李庆霖满怀希望在家等待，可结果还是石沉大海，杳无音信。

几次上访未果，李庆霖决定给毛主席写信反映情况。

1972年12月20日，趁学校放假，李庆霖躲在家里，关起门来，显得十分神秘。他怕连累无辜，也怕走漏风声。由于事先有充分的准备，李庆霖花了两个多小时，一口气写下了2000多字。

1973年4月25日，毛泽东在中南海读了由王海容转交过来的一封人民来信，读到悲凉处，毛泽东的双眼慢慢地红起来，泪水潸然而下。

之后，毛泽东当即给写信人复信：

> 李庆霖同志，寄上三百元，聊补无米之炊。
> 全国此类事甚多，容当统筹解决。

由此可见，毛泽东当时对李庆霖敢于坦诚直言是很赞赏的。

此次事件，使上山下乡运动中长期存在的具体问题得到了缓解，并在一定程度上保护了知识青年的人身权利，改善了他们的生活条件。

政治局开会讨论知青问题

1978 年 10 月 18 日，在中共中央政治局会议上，又一次详细讨论了知青问题。

在这次讨论中，邓小平指出：

现在下乡的路子越来越窄，总得想个办法才行。例如，"三集中、一分散"，下乡青年集中住宿、吃饭、学习，分散劳动的点，可否想办法搞卫星城镇？彭冲同志打算在上海周围建 10 个卫星城镇。北京人口集中也可以建卫星城市。

东北、西北、西南轻工业都非常薄弱，市场上没有多少东西，北京的轻工业也非常薄弱，要开辟新的行业、新的领域。轻工业是个大行业，过去我们考虑不够。我们要真正解放思想、广开门路。

不仅新成长的青年要就业，还有实现四个现代化以后工业上减下的人要安排。现在全国工业多 2000 万人。鞍山现代化了，挖 1 亿吨矿石，1 万人就够了。1500 万吨钢只要 2 万人，加上服务人员也只要 5 万多人。各个工厂都要搞现代化，多余的人怎么安排，不广开门路不行。

叶剑英指出：

> 要注意提高青年的科学文化技术，城乡都要想办法。思想要解放一点，胆子要大一点，办法要多一点。要想办法发展社队工副业，发展卫星城市，插队的要缩小。

经过讨论，中央基本确定的大政方针为：在坚持上山下乡方向、稳定大局的前提下，着眼于少下乡或不下乡，逐步地从根本上解决城镇知识青年上山下乡的问题。

1978 年 10 月 31 日至 12 月 10 日，国务院在北京召开了第二次全国知识青年上山下乡工作会议。

这是我国知识青年上山下乡历史上一次具有重大决策性的会议。会议历时 41 天。

会议总结了 16 年来城镇知识青年上山下乡正反两个方面的经验，确定了在新的历史条件下统筹解决知识青年问题的方针、政策和措施。

会议拟定了《全国知识青年上山下乡工作会议纪要》和《国务院关于知识青年上山下乡若干问题的试行规定》两个重要文件。

会议回答了社会上关于知青工作的各种模糊认识，并在制定的重要文件《全国知识青年上山下乡工作会议纪要》中说：

> 随着四个现代化的逐步实现，随着社会劳动力结构的逐步改变，知识青年上山下乡人数将逐渐减少，以至做到不搞现在这样的知识青年上山下乡。但是，要达到这样的地步，必须有个过程。在这个过程中，就全国来说，还要继续动员组织一部分城市知识青年到农村去，参加社会主义建设。

中央政治局在全国知青工作会议前讨论确定的基本方针是：

> 在具体对策上，除了国营农场的知青要基本稳定外，对插队知青调离农村的条件要进一步放宽。

在这一方针的指导下，会议提出：

> 还要坚持上山下乡，是为了条件成熟时不再上山下乡；要逐步缩小范围、有条件安置的

城市不再动员下乡；尚需动员下乡的不再插队，要因地制宜举办知青场、队，国家给以优惠政策；已在农村插队的知青，要逐步给予解决，其中老知青要限期解决；城镇要积极开辟新领域、新行业，扩大就业门路。

国务院对上山下乡政策作出调整

1978 年 10 月召开的第二次全国知识青年上山下乡工作会议，对上山下乡政策作了几方面的调整：

第一，调整下乡政策。

一是改变过去城镇中学毕业生"以下乡为主"的方针，实行"四个面向"：进学校、上山下乡、支援边疆、城市安排的原则，适应国民经济发展、加速四个现代化的需要。

二是放宽留城政策。除了 1973 年规定的"四不下"即独生子女、孤儿、归侨学生、中国籍外国人子女以外，又新规定了多子女家庭可以选留和家庭困难、本人残疾予以照顾留城的政策。各地还可以根据实际情况逐步放宽留城政策。

三是缩小下乡范围。过去上山下乡的动员对象几乎包括所有城镇户籍的中学毕业生。至此明确提出，矿山、林区、三线企业、小集镇和一般县城，不再列入上山下乡范围。并且宣布有条件的城市也可以不搞上山下乡。经此调整，国务院知青办曾预测下乡人数可比前两年减少一半。

第二，改变了安置办法。

由于实行上山下乡的出发点由以往的组织青年"接

受再教育"转变为办事业、创财富。因此，提倡在农村广开门路，集体安置，主要是创办独立核算的集体所有制知青场队和农副业基地。

鉴于插队办法利少弊多，提出对知青点逐步整顿收缩，有条件的地方，逐步办成社队企业或独立核算的知青场、队。文件明确宣布：今后不再搞分散插队。

第三，逐步解决在乡知青的问题。

对于在乡的860万知青，主张在稳定的前提下，本着"国家关心，负责到底"的精神，实事求是地逐步解决他们的问题。

一是插队知识青年中，确有实际困难不易解决的，要在城乡全民和集体所有制企业，逐步安排他们从事有固定工资收入的工作。

二是1972年底以前下乡插队的130万老知青，优先安排，计划在1978年至1979年内基本上调回城镇安排工作。

三是插队的45万已婚知青，原则上就地就近通过社队和县办企事业，安排有固定收入的工作。

四是跨省下乡的51万人，大多是老知青，由动员城市与安置地区双方协商，共同负责安排。

五是对在国营农场的160万知青，采取稳定方针，同时也开了几个调出的口子：有实际困难的，可以商调回城；父母退休、退职，可以回城顶替；农场劳力多余，可以协商"调工"。

第四，保证统筹安排的几项重大措施。

一是为了支持各地广开就业门路，把大集体企业的劳动指标，下放到省、市、自治区自行掌握。这在劳动政策上是个大变化。

二是为了积极扶植发展集体所有制知青场、队和农副业基地，规定在 1985 年以前实行"三不政策"，即不交税，不上缴利润，不担任农产品统购、派购任务。

三是粮食供应上提供便利：知青场、队口粮水平过低的，由国家统销粮中给予补助；从事林、牧、渔业生产和经济作物、外贸加工的知青场、队，口粮达不到自给的，由国家补助；城市扩大就业，多安排一些青年，商业部提出"粮食服从政策"。

四是停办"五七"干校，可以转作安置知青的基地。

五是国家原则同意在以后若干年里，下乡人数虽逐渐减少，10 亿安置经费不减，重点支持办好知青场、队。

六是为了加强对知青工作的领导，要求各地健全知青领导小组；知青机构只能加强，不能削弱；各级知青办仍由党委或革委会直接领导；县级知青部门不撤不并。

第五，其他一些重要措施。

一是关于下乡知青的选调，对于留城青年和下乡知青应当统筹安排。全民所有制和集体所有制单位都可以从下乡知青中招工。招工时，要进行考核，择优录取。从下乡知青中招工，要在省、市、自治区革委会领导下统筹安排。合理解决下乡知青招工后的工资待遇问题。

参军的下乡知识青年，退伍后不再回农村插队，原则上由父母所在地分配工作，也可由原征集地分配工作。

二是经费问题。1973 年政策规定，全国各地的知青，平均每人安置经费将近 500 元。新政策改为，到集体所有制知青场、队和知青点的，南方各省每人补助 580 元，北方各省每人补助 600 元；到牧区的每人 800 元，均在原标准上提高了 100 元。

此外，对下乡知青探亲路费，也根据具体情况，作了优于以前的调整。

1978 年 12 月 12 日，中共中央政治局开会讨论和通过了会议产生的两个文件。同日，中央批发了这两个文件：《全国知识青年上山下乡工作会议纪要》和《国务院关于知识青年上山下乡若干问题的试行规定》，即中发〔1978〕74 号文件，并传达到全国。

这两个文件标志着我国知识青年上山下乡的重大历史转折。

国务院提出落实政策的意见

1979 年 1 月 23 日，国务院召开紧急会议，对知青工作提出意见。

这次会议由副总理余秋里主持，出席会议的有王震、陈慕华、谷牧、王任重、康世恩及有关部门负责人。

会议对落实知青政策提出了六条意见。这六条意见是：

1. 把农场办成农工联合企业，适当提高工资，把知青稳定在农场。

2. 参照以往办理病退困退的规定商调回城，由知青部门负责办理。

3. 城镇职工退职退休后，可以由其子女顶替。

4. 从农场参军的知青，退伍后可以回父母所在地安置工作。

5. 城市招工时，允许到农场商调本市下乡知青。

6. 上海郊区到农场的青年，可以允许回原籍社队。

1979 年 2 月后，由于中央和各省市对知青政策的开放，全国知青大返城的运动，在 1979 年春夏之际达到了高潮。

1979 年 6 月上旬，云南省召集北京、上海、成都、重庆、昆明等市商讨如何落实国务院 1 月 23 日"六条"精神时，昆明、成都和重庆代表很干脆，表示保证在六个月内，优先安置云南知青返城。北京和上海采用了变通办法，同意走病退、困退这条路。

此后，在全国迅速掀起了知青返城高潮。

在西双版纳，数万知青向农场职能部门和当地公安派出所，开始办理户口粮油的迁移手续。

几万知青要在极短的时间内离开农场，凭当时的条件是无法做到的，因为铁路运输难以承受。

恰逢当时对越自卫反击战打响，输送兵员装备的军车来往就派上了用场，那些返空的军车就用于运载回城的知青。

在千里昆洛公路上是尘土飞扬，车流滚滚，军车满载着返城的知青开往北京、上海等城市。

发端于云南国营农场的知青大返城热潮迅速在全国各大垦区引起连锁反应，于是全国知青大返城的运动便在当年春夏之交达到了高潮。

仅仅 3 个月时间，云南十几万知青就完成了返城。

黑龙江、内蒙古、海南岛和全国众多的知青点也随即跟进。

从 1979 年初开始，数百万知青在短短几个月的时间里，从边疆，从草原，从红土地，从黄土地，从黑土地，从那些抛洒下青春、汗水和泪水的地方，又回到了他们原来出发的地方，从此开始了他们新的人生追求。

二、 解决知青问题

● 1977 年 4 月，邓小平在北京主持召开了科学与教育工作座谈会，决定恢复高考的招生对象是：工人农民、上山下乡和回乡知识青年、复员军人、干部和应届高中毕业生。

● 1979 年 7 月 24 日，中共中央、国务院批发北京市委《关于安排城市青年就业问题的报告》。

● 邓小平指出：上山下乡青年回城问题是政治问题、社会问题，但主要还是从经济角度来解决。

邓小平鼓励知青积极参加高考

1977 年 4 月 4 日至 8 日，邓小平在北京主持召开了科学与教育工作座谈会。

这次会议邀请了 30 多位著名科学家和教育工作者参加。高校招生是这次会议讨论的热点问题。

会议主张立即恢复高考。

这些意见得到了邓小平的支持。邓小平的明快果断，当即赢得了全场热烈的掌声。

1977 年 9 月，中国教育部在北京召开全国高等学校招生工作会议，决定恢复已经停止了 10 年的全国高等院校招生考试，以统一考试、择优录取的方式选拔人才上大学。

这次具有转折意义的全国高校招生工作会议决定，恢复高考的招生对象是：

工人、农民、上山下乡和回乡知识青年、复员军人、干部和应届高中毕业生。

会议还决定：

录取学生时，将优先保证重点院校、医学

院校、师范院校和农业院校。

学生毕业后由国家统一分配。

1977 年 10 月 12 日，国务院正式宣布当年立即恢复高考。

1977 年 10 月 21 日，中国各大媒体公布了恢复高考的消息，并透露本年度的高考将于一个月后在全国范围内进行。

时任中共中央副主席的邓小平，多次谈及恢复高考和知识青年上山下乡问题。

1978 年 5 月 6 日，国务院知青领导小组、教育部联合发出《关于积极组织今年报考高等学校的知识青年复习文化课的通知》。

"通知"要求：

知青所在的生产队、农场，应热情鼓励符合条件的知青报考各类高等院校。

应本着劳动、复习两不误的原则，每天给他们安排一定时间，组织他们复习功课。

5 月中旬，河北、甘肃、青海、湖北、四川、江苏六省的知青办提出：

有条件的县镇，不再动员上山下乡。

得到恢复高考的消息，一时间，工人、农民、上山下乡和回城知识青年、复员军人以及应届毕业生等，无不奔走相告。

据统计，当年有 570 万人报考大学，年龄最小的仅十三四岁，最大的则有 37 岁。

1977 年冬天，中国迎来了世界历史上规模最大的考试，570 万考生走进了高考考场。虽然按当时的办学条件，当年只录取了不到 30 万人，但是却激励了成千上万的人重新拿起书本，加入求学的大军中。

高考制度的恢复，使中国的人才培养重新步入了健康发展的轨道。

在恢复高考后的 20 多年里，中国已经有 1000 多万名普通高校的本专科毕业生和近 60 万名研究生陆续走上了工作岗位。

国务院关注云南知青的问题

1978 年 10 月 18 日，云南西双版纳景洪农场十分场的一些知青，在工作上、生活上遇到了一些问题。

云南知青的问题，引起党中央、国务院的格外关注。

12 月，国务院派遣时任农林部副部长、农垦总局局长的赵凡，到云南调查国营农场的知青问题。当时他的另一个身份是国务院知青工作领导小组办公室副主任。

赵凡，1937 年参加彭雪枫领导的八路军"学兵队"，1945 年 8 月到当时的北平做地下工作。1949 年 6 月起，他历任中共北京市委秘书长、副市长、市委常委、市委书记处书记。

赵凡带领的国务院调查组于 1978 年 12 月 25 日到达昆明。

在 2000 多名知青面前，赵凡说："我能体会你们的困难和要求。我将负责任地把你们的要求向中央、向国务院反映。"

赵凡像父亲疼爱孩子般表示了对知青们的同情，基本同意知青们的要求，但要求知青们给政府解决问题的时间。

知青们以雷鸣般的掌声和欢呼声向这位老干部致敬。

赵凡亲自率领调查组深入农场，倾听职工特别是知青的呼声，体察民情，积极开展工作。

直到后来，亲历赵凡召开的各种各样会议和谈话的知青，说起当时的情景无不为赵凡平易近人、脚踏实地、实事求是的作风所折服。更为国务院把知青遇到的问题当成大事过问和解决，感到由衷的感谢。

赵凡反复做有关省、市的工作，希望大家审时度势，为云南知青困难问题的解决作出了正确的决策。

1979年1月，云南省委书记安平生向赵凡表示说："知青愿意留在农场的，我们欢迎，并安排他们的生活，提高工资待遇。愿意回城安置的，我们给创造一切方便条件，让知青们满意。"

以赵凡为首的国务院调查组在充分调查研究的基础上，以国务院知青办的名义于1979年1月18日向国务院报送了处理意见。

1979年1月21日，云南省委以召开常委扩大会议的形式，邀请赵凡、四川省知青办、成都市知青办、上海知青办的同志共同研究协调解决农场知青困难问题。

在会上，有关各方就解决云南农场知青安置问题基本达成共识。

时任中共云南省委第一书记的安平生作会议总结时明确指出：

云南决心两年内分期分批解决农场的7万余名知青问题。

在党中央、国务院的关怀下和国务院调查组的帮助下，在上海、四川、北京等有关省、市的大力协助下，云南省委根据中央 74 号文件精神，结合云南情况，迅速草拟出了统筹解决云南农场知青困难问题的办法，即《关于解决云南国营农场知青问题的意见》。

1 月 25 日、27 日，云南省委专门召开了两次省委常委会议讨论这个草拟稿，正式下发了文件，提出了具体实施办法并加以执行。

这样，云南知青问题很快得到了妥善解决。

邓小平提出从经济层面解决问题

1979 年 7 月 24 日，中共中央、国务院批发北京市委《关于安排城市青年就业问题的报告》。

"报告"对解决待业青年就业问题，在政策上作出具体规定：

1. 今后应届高中毕业生，除准备考大学和在本年内上山下乡的以外，一律由学生家庭所在街道办事处，连同其他待业青年统一管理教育，统一分配。

2. 放宽招工的年龄限制，凡 35 岁以下的城镇待业人员均可参加全民和集体企业的招工考核。

3. 参加生产服务社的，可以从参加之日起计算工龄。其工资、奖励、福利待遇，全市不作统一规定，允许低于、同于、高于全民所有制单位。

今后全民、集体所有制单位招工，大专院校和中专学校招生，以及国家征兵时，应一视同仁，允许他们参加。

为调动待业青年参加集体生产服务业的积极性，北京市还实行了多项优惠性政策措施。

通过这些办法，北京市 1979 年需要安置就业的 40 万人，一半通过计划招工、招生和上山下乡解决，一半通过兴办各种集体所有制生产服务业得到安置。

"报告"还就安置实行家庭均衡就业和择优录用相结合的原则，全民所有制、集体所有制单位招工办法等方面的问题，建议召集计委、经委、农业办、财贸办等有关部门研究，把知青的安置工作纳入整个国民经济计划之内，统筹规划解决。

北京市委对此意见非常重视，立即发动各行各业，充分发挥各自优势，积极想办法，充分挖掘潜力，努力筹办集体所有制企业，优先安置上山下乡知识青年和回城待业青年。

综合北京市的经验，主要是对待业人员统一安排，把安排就业与积极发展生产和生活服务业相结合；把发展集体所有制企业当作安置就业的重要途径；清理计划外用工，增加安置待业人员的空间。

北京市的这一做法被中央向全国推广，以促进各地解决知识青年待业问题。

随着经济的发展，我国逐步建立了与之相适应的"统包统配"的就业管理体制。这一体制的基本特征就是所有新增劳动力的就业由国家统一调配和安置。

这种就业管理体制对于解决我国的就业问题，曾发挥过重要的作用。

但随着情况的变化，这种就业管理体制的弊端也不断显露出来，突出表现在：一是不管生产和工作是否需要，一律接收，造成许多单位人浮于事；二是劳动者不能根据自己的专长选择合适的工作，单位也不能根据工作的需要选择适当的人员，造成人才浪费；三是养成了劳动者就业靠国家的就业观念。

在1978年和1979年的两年中，返城知识青年就达到650万人以上。1979年，城镇累计待业人员达1500万人，仅在劳动部门登记的城镇失业人员就有568万人，城镇登记失业率达到了5.4%。

全国就业形势非常严峻，就业成了当时的一大难题。

1979年10月4日，中央召开各省、市、自治区党委第一书记座谈会，讨论1980年国民经济和社会发展计划。

在这次第一书记座谈会上，邓小平又一次指出：

除了经济工作外，还有处理就业问题、上山下乡青年回城问题。这些是政治问题、社会问题，但主要还是从经济角度来解决。

经济不发展，这些问题永远也不能解决。所谓政策也主要是经济方面的政策。

比如知识青年问题，不从经济角度解决不行，我们解决这样的问题，要想宽一点。

下乡青年过去一个人由财政部一次给 500 元，现在如果一部分人在城市就业，不下乡了，是否可以把这笔钱用来扶助城市安排知识青年就业。

　　用经济手段来解决这样的政策问题，该花的钱还是要花的，不解决不行，政策上应该灵活一点。

　　1979 年底，由于实行改革开放，全国各地因贯彻执行调整、改革、整顿、提高的方针，国民经济一些重大比例关系开始向合理的方向发展，整个经济比过去活了。

　　1979 年，由于广开就业门路，全国全年共安排 903 万人就业。

　　这一年，除上海、宁夏、西藏外，其他地区都有少量的知识青年下乡，共下去 24.7 万人，主要是到集体所有制知青场、队和国营农场。

　　同年，通过招工、招生、病退等调离农村的有 395 万人，年末在乡的知青还有 246.9 万人，其中插队的 75.9 万人。

　　但是，针对严峻的就业形势，1980 年 8 月，党中央在北京召开了全国劳动工作会议，提出了"三结合"的就业方针，即在全国统筹规划和指导下，实行劳动部门介绍就业、自愿组织起来就业和自谋职业相结合的方针。

　　1981 年 10 月，中央又作出了《关于广开门路、搞活经济、解决城镇就业问题的若干决定》，进一步明确了多渠道解决就业问题的政策。

"三结合"的就业方针，实质上是党的十一届三中全会提出的多种经济形式并存的经济政策在就业工作上的具体体现，是我国就业理论和就业政策的重大突破，标志着我国开始了就业管理体制的改革。

就业管理体制的改革及各项政策的落实，对于解决我国城镇的就业问题起到了积极的作用。

据统计，1979 至 1981 这三年，全国共新增城镇就业人员 2600 多万人，平均每月有 70 多万人实现就业。到 1982 年，全国多数地区基本解决了 1980 年以前积累下来的包括返城知识青年在内的城镇失业问题。

到 1984 年，我国城镇就业问题进一步缓解，城镇登记失业率下降到 1.9%。

实践证明，只要领导重视，解放思想，广开门路，积极改革，大力发展经济，城市待业青年的就业问题完全可以得到解决。

中央提出上山下乡政策即将终止

1980 年夏季，国务院知青办对一年多来各地贯彻执行中央的决策，统筹解决知识青年问题的情况，进行一次检查，并向中央作汇报。

汇报中说：

> 在一年多时间内，通过城乡广开门路，安排了 350 多万插队知青就业，特别是近百万 1972 年以前下乡的老知青，得到了优先安排。还在农村的 200 万插队知青，可望在年内大部分得到安排。多年积累的插队知青问题，可以基本解决。
>
> 在一年多时间内，缩小了上山下乡范围，调整了安置形式，在城镇郊、县办起的 8000 多个知青场队和农工商联合企业，安置 50 多万知青。

国务院知青办在深入调查研究、广泛听取意见的基础上，提出《关于当前知识青年上山下乡工作的几点意见》，报经中央书记处讨论原则同意。

5 月 8 日，中共中央书记处讨论教育问题时，总书记胡耀邦说：

　　要把让城市青年上山下乡种地的办法改过来，要用其所长，不要强其所难。过去的办法是一举两害，现在要一举两得。过去那种方法也有点道理，粮食没有过关，要吃饭啊！要使城市知识青年下乡，必须采取政治鼓励和经济吸引相结合的办法。湖北招聘上海的退休工人，对提高生产技术水平很有成效，立竿见影，将来减少城市人口，可能要走这条路。

国务院副总理万里说：

　　这个决心要下。像北京，我不主张再搞上山下乡了。北京、上海可以多办师范学校、医科院校，派教师、医生支援落后地区。支援落后地区的工资可以提高一点，这比拿大笔钱搞上山下乡划算。

1980 年 9 月 6 日，这份文件拿到党中央召开的全国劳动就业会议上讨论修改后，国务院知青领导小组将这个文件发到各省、市、自治区。

《关于当前知识青年上山下乡工作的几点意见》鲜明地提出：

第一，今后安排城镇不能升学的中学毕业生，要因地制宜，从实际出发，不搞一刀切。能够做到不下乡的，可以不下；不能全部或大部在城镇安排的，要从城乡两方面广开生产门路，予以安排。

第二，对于在当地农村插队的知青，一定要本着"国家关心，负责到底"的精神，力争一两年内，区别不同情况，把他们安排好。

第三，需要在郊县知青场队安置知青的地方，实行政治动员和经济吸引相结合的办法。进场队的知青其城镇户粮关系不变，留场就业的计算工龄。

第四，各地知青工作机构如何调整，包括撤并，不强求一律，可以根据情况自行决定。

这个文件明确宣布"能够做到不下乡的，可以不下"，即可以不再动员城镇知识青年下乡了。这是在全国范围内，宣告上山下乡即将终止的信号，对各地的工作是一大解放，对社会公众是一副安心剂。

1981 年 10 月，国务院知识青年领导小组办公室起草了《二十五年来知青工作的回顾与总结》，对这场运动提出了基本看法。

10 月 17 日，中共中央、国务院发布《关于广开门路，搞活经济，解决城镇就业问题的若干决定》。

"决定"提出：

今后在调整产业结构的同时，必须着重开辟在集体经济和个体经济中的就业渠道。

大力提倡和指导待业青年组织起来，在集体经济单位就业。

适当发展城镇劳动者个体经济，倡导自谋职业。

建立和健全劳动服务公司机构。劳动服务公司要组织就业和就业前训练，并发挥劳动力蓄水池作用。

1981 年底，随着上山下乡问题的有效解决，国务院知青办的职责已近消失。

为了加强对城镇劳动就业的统筹管理，国务院知青办并入国家劳动总局。

各省、市、自治区也仿照办理，知青办也随即撤并。

至此，历经 20 多年的城镇知识青年上山下乡运动正式结束了。

以后，各地政府本着实事求是、负责到底的精神，较圆满地解决了知青子女上学、已婚知青的安排、插队知青的工龄计算等其他遗留问题。

在这场大规模的知识青年上山下乡运动中，千百万知青把他们的青春和理想，无私奉献给祖国农村和边疆的土地。

三、 做好知青安置

- 1969 年，国务院召开的跨省、区知青安置协作会议上，对知识青年安置的开支标准制定原则，各省、市、区随即作出统一规定。

- 周恩来在接见延安地区插队青年代表时说："北京青年去延安插队，也应该派干部去，最好一个大队派去一名干部。"

- 中共中央在中发 [1978] 74 号文件中规定：要关心和重视下乡知识青年的学习。要安排一定的时间，积极组织他们学政治、学经济、学文化、学科学技术。

落实知青安置经费及物资补助

1969 年，国务院召开的跨省、区知青安置协作会议上，对知识青年安置的开支标准制定原则。

1970 年 8 月，财政部综合各省、市、区的意见，根据一年多来运动的进展状况，经与主管部门研究，对安置费的开支项目和标准作出统一规定：

国家拨付的安置费，主要用于城镇下乡人员的建房补助、生活补助、工具购置补助、旅运费和学习材料费等。安置费以省、市、自治区为单位计算，平均每人不超过下列标准：

单身插队、插场的，南方每人 230 元，北方每人 250 元。

成户插队、插场的，南方每人 130 元，北方每人 150 元。

参加新建生产队、新建扩建国营农场和集体所有制"五七"农场的劳动力，每人 400 元，含部分建设资金。

家居城镇回乡落户的，每人补助 50 元。

同时，对知识青年跨省安置的路费、到高寒地区插队的冬装费重新作了规定：

> 组织跨省、跨大区下乡的，每人分别另加路费20元、40元，从关内跨省到高寒地区插队的，每人补助冬装费30元。
>
> 安置经费属国家专款专用，由各省、市、自治区财政部门按照已经下乡的人数，规定的开支标准和实际花钱进度，分期分批地进行拨付。除动员地区使用小部分外，其余归安置地区县、社统一掌握使用，不发给个人，不准挪作他用。

这一规定同时提出，在一个省、市、自治区范围内，最好按照不同地区的经济条件，规定几个不同的补助标准，不要平均分配。

安置费中动员地区使用部分，又称动员费，主要用作知青下乡时的交通费、途中食宿补助、困难补助等。各地标准不一，约在15至35元。安置地区使用的部分主要用于建房，以及购置小农具和家具，粮、油、医药等生活补助。

生活补助原则上为1年，如福州市知青，安置费每人230元，其中动员费35元，分到安置地区的经费为195元，用于下乡第一年的生活补助，购买农具、家具，建房，医疗，以及生活困难补助等。如武汉市知青，安置费每人230元，其中215元由省拨接收地区，交生产队掌握使用。

为了管好用好安置费，国家还制定了"财务公开，民主管理，群众监督"的原则。

要求下拨到生产大队的安置费，由党支部和革委会领导下的"三结合"小组负责进行监督；安置经费要单独立账，专款专用，严格收支手续。对于安置经费的收支情况，要定期公布，接受贫下中农和下乡知识青年审查监督。

加入生产建设兵团、国营农场的知识青年，按国家规定每人安置费平均400元，跨省、区者分别远近增补旅费20、40元，其安置费的用途与插队知青有区别，除用于支付旅费，发放津贴费、伙食费，购置个人物品外，建房费统一纳入兵团或国营农场基建计划。

以甘肃省农建十一师为例，自1964至1969年的6年间，国家共拨给安置费2496万元，其中60%用于基建，15%至20%用于生产，20%至25%用于安置。

在各兵团，国家拨付的知青建房投资是列入行政用房计划合并下达的。即使国家拨付的知青建房费不能及时到位，因为各兵团均有巨额基建投资，所以并不至于妨碍知青住房的建设进度。

内蒙古生产建设兵团，1969年共接收知青5万余人，应拨付安置费2000万元以上，实际只拨款1152万元。尽管安置费未如期兑现，加入兵团的知识青年基本都有房住，原因是"国家给兵团基建投资中安排了一部分连队用房"。

兵团和国营农场知识青年安置费用中占很大一部分的建房费，因与国家下拨的基建投资混在一起而难以理清。虽然他们的住房质量普遍较差，但是还都有房住，比起许多插队知青因没有房子住，而不得不借农民房、或分散住到农民家中的情景，实在是强了许多。

除拨付安置经费，在日用品供应、口粮供应、食油供应方面也作出了相应规定。

在日用品供应方面，为了照顾下乡知青，各地都免票供应一定数量的棉花、棉布、蚊帐等物资。

四川省 1968 年规定：凡下乡知青每人免票供应棉絮一床，棉花 2 市斤，棉布 23 市尺，单人纱布蚊帐一床，由商业部门设置专柜，凭上山下乡光荣证优先供应。

在口粮供应方面，插队知青，原则上由国家供应一年，或由下乡青年到农村的第二个月起，一直到接上当季或下季的粮食分配时止，由当地粮食部门，按照他们所在生产队一般社员的实际吃粮水平，即公社生产队分配的口粮、超产奖励粮和自留地收获粮的粮食总平均数，和国家统销价格，从统销粮中安排供应。

在食油供应方面，也按当地城镇居民食油标准供应一年，或从到达接收地的第二个月起，一直到接上当季或下季的食油分配时止。

下乡知青到国营农场或生产建设兵团落户的，食粮食油按所在场职工和家属的标准供应。

城镇知识青年在农村没有任何生活基础，下乡后会在住房、口粮等方面遇到各种具体问题。国家在知青下乡时拨付一定安置费用，并采用一些补助措施，都是为了使知青能比较顺利地渡过生活上的难关，尽快在农村稳定下来。

上述措施表明，国家为开展这场运动确实费尽心思，而且花费了巨大的财力。

周恩来提出结合安置支援农村

由于分散插队知青单身一人，劳动之余还要从事家务，负担过重；生活单调，缺乏文化生活和娱乐；对知青工作难以管理，以至放任自流，导致了一系列问题。

所以，从 1963 年起，对插队知青进行集体安置的做法得到大力提倡。

青年点设在生产队上，确实有利于密切知青与农民的交往。知青吃、住、劳动、学习都在生产队，增强了对农村和农民的了解。不过这种方式对知青带来的不利影响还是主要的。

首先，下乡知青在农村的处境困难。其次，随着青年点设在生产队，国家拨给下乡知青安置费的大部分也下拨到生产队，知青得不到实惠。

1973 年全国知青工作会议决定，终止分散插队。

要求发展知青集体户和公社、大队兴办的独立核算的集体所有制知青场、队。

对大多数插队青年来说，集体户也就是他们在农村的"新家"。集体户也拥有自己独立的户籍和户主，即户长，即一户的负责人。

通常，集体户的成员只是集中食宿，他们参加生产队的集体劳动则是分别记工，并按个人实际劳动日和工分标准计算报酬。当时，许多集体户是在原先同一学校甚至同一班级基础上自愿组合的，关系比较融洽。

在长期革命战争年代里，老一辈革命者为着一种理想的追求不惜抛头颅洒热血时，又有什么必要去计较物质利益上的微小得失呢？

同样，当一批批满怀豪情的知识青年，在贫困落后的乡村重新尝试新的生活时，精神上是基于同样一个理想的支撑。

曾经洋溢在知青集体内的互相理解、互助互爱、同甘共苦、扶贫济弱等高尚品性，至今仍为人们津津乐道。

这种"合作互济"的分配方法，培养了青年艰苦奋斗、自力更生的革命精神。很多青年积极劳动，为"合作互济"提供了可靠的经济基础。高度的集体主义精神，是"合作互济"的思想基础。

1962年至1966年，全国国营农场累计接收安置了42万城市知识青年。

到国营农垦系统的知识青年中，有60万人是跨省、区安置到边远地区国营农场和生产建设兵团的。他们主要来自京、津、沪三大城市和浙江、四川两省。

在60年代后期，全国大部分省、区相继以国营农场为基础，组建了一大批生产建设兵团或农建师，划归各大军区或省军区领导。

生产建设兵团是带有军队编制特点的大型国营企业，内部保持着军队师、团、营、连的建制和与之相关的政治工作机构和制度。

知识青年来到兵团后，在"屯垦戍边"方面作出了贡献。

1965 年 7 月，周恩来和陈毅出国归来路经新疆时，视察了石河子垦区。他们看到垦区良田棋布，渠道纵横，林带葱郁，工厂林立，非常高兴。

周恩来和陈毅在石河子接见了上海知识青年杨永青等 11 人。

周恩来指着陈毅对知识青年们说："这是你们老市长，他关心你们，特意来看望你们。"

杨永青的父亲是香港的资本家，她不留恋家庭富裕的生活，坚决要求到边疆扎根。

周恩来知道这一情况说，出身于剥削阶级家庭和有复杂社会关系的人，都要看他们现在的表现和立场。只要能同原来的剥削阶级家庭划清界限，全心全意地为无产阶级革命事业服务，就会有光明前途。

周恩来的这段话，对于众多出身不好的知识青年曾是一个很大的鼓舞。

周恩来还引用"埋骨岂须桑梓地，人生处处有青山"的诗句教育兵团干部战士扎根边疆。

大规模组建生产建设兵团，为安置潮水般涌出城市的下乡知青开辟了一条重要途径。

从 1968 年到 1971 年，全国新组建的有 12 个生产建设兵团、3 个农业（生产）师，分布在 18 个省、区。

与到农村插队落户当农民相比，去生产建设兵团应是比较理想的选择。

在兵团，生活待遇有基本的保证，有固定的经济收入，医疗卫生条件较好，组织上有人管理。这几点尤为知青家长所看重。

知青本人则往往为兵团属于中国人民解放军的"序列"所吸引，对于众多因种种原因，不能加入解放军那所大学校锻炼成长而沮丧不已的热血青年来说，参加兵团，"屯垦戍边"，在"反修的前哨"当"不戴领章帽徽的解放军"，未尝不是一种心理上的慰藉。

1970 年 3 月，国务院在北京召开延安地区插队青年工作座谈会。

周恩来在接见与会代表时说：

> 北京青年去延安插队，也应该派干部去，最好一个大队派去一名干部，能选派 1600 人就好了。这是上海的经验。

同年，中共中央在转发国家计委《关于进一步做好知识青年下乡工作的报告》。

"报告"认为：

> 江西省对知识青年下乡，采取由干部带领并且配上医务人员和教师集体插队的做法，效

果很好。

在当时，辽宁、上海等地也采取了类似的办法。

中央要求各地参照上述办法，抽调一批下放干部到有插队任务的社队去，一面参加劳动锻炼，一面协助社队加强领导。

1973 年 3 月，周恩来在接见参加全国知青工作会议代表时，还对落实带队干部这件事不放心。

周恩来说：

北京去了一批青年到延安，并且派了干部去帮助。但还是没有搞好，主要是不能与当地干部打成一片。

这些干部，你不给他一定职务，光说是去帮助下乡青年的，说话无权，不起作用。

今后在插队的地方，每个公社有几个干部带着，干部兼公社、大队的职，不仅管青年，也管生产，这样结合起来就好。

干部可以轮换，但不要同时换，一年换几分之一。

要有老人，熟悉情况，便于交流经验，做好工作。对青年要引导好，光靠派去的干部也不行，还要靠当地干部、贫下中农的帮助。

周恩来的这番话，不仅写进了国务院下发的文件，也传达到了广大城乡，起了很大的推动作用。

遵循周恩来的倡导和中央〔1973〕23号文件的要求，各地都对选派带队干部工作，采取了积极的行动，工作很有起色。

被选派的带队干部同安置地区紧密配合，在做好知青的安置工作，特别是在保护知青、进行培养教育等方面作出了不可磨灭的贡献。

1970年春节，周恩来在同回京探亲的延安插队知青交谈中，了解到延安地区至今贫困、落后，以及知青工作中存在的一些亟待解决的问题后，深感不安。他迅即把延安地区各县县委书记和知青办主任请到北京来，听取汇报，研究提出解决问题的措施。

周恩来对延安的同志说：

> 我听说延安的情况，心里非常难过。我是总理，我负有责任，无法向毛主席交代，对不起延安人民。

遵照周恩来的指示，北京市委和中央有关部门相继做出规划，决定以首都人民的名义支援延安，尽快改变那里的面貌。

会议最后形成文件：《延安地区插队青年工作座谈会纪要》《首都关于支援延安地区社会主义建设的方案》。

北京市委、农业部、冶金部、水电部、建材部、化工部、八机部、煤炭部、石油部共同研究提出的《首都关于支援延安地区社会主义建设的方案》，主要包括：

支援延安地区建设"五小"工业；支援延安地区的农田基本建设；支援延安地区发展文化建设。

上海市凭借经济上的实力，以及对上海知青的关心，对重点安置知青的地区也给予巨大的支援。

据有关部门统计，1968 至 1973 年，上海市对兄弟省、区提供了价值 1600 多万元的物资。

1975 至 1977 年，上海市还先后在江西、安徽、吉林、黑龙江、内蒙古、云南、贵州等省、自治区安置上海下乡青年比较集中、集体经济比较薄弱的地区，协助办起了 307 个中小企业。

此外，天津、广州、南京等许多城市也都以各种形式，从经费到物资支援知青安置地区的农村发展经济。

在整个上山下乡的过程中，大中城市结合知识青年上山下乡，对农村进行了多方面的支援，为促进农村经济的发展，推动知识青年的安置工作，作出了积极的贡献。

中央为知青创造各种学习条件

数以百万计的城镇知识青年上山下乡，如何从实际出发，因地制宜地组织他们进一步学习，增长知识，提高本领，成为"一代有社会主义觉悟，有文化科学知识的革命事业接班人"，这一直是党和国家关注的一件大事。

在60年代前半期，随着认识的深化，中央要求把青年点当成学校办。各地在这方面投入了较大的力量，大力开展业余教育，并积极试办多种形式的耕读学校，取得了较明显的效果。

知识青年刚开始上山下乡时，只是以"接受贫下中农的再教育"为中心，能够做到"政治上有人抓，生产上有人教，生活上有人管"，就是合格的。

1973年，在"统筹解决"知青问题时，开始突破"再教育"的局限。

中央要求：

各级党委要先抓好1/3，派出得力干部，把知识青年集中的地方和单位，办成现代化的社会主义农业先进单位，办成亦农、亦工、亦学、亦兵的大学校。

同时要求把学习材料费列为安置经费的开支项目。

1978 年，中央对知识青年上山下乡作出重大政策调整，尽管要逐步缩小上山下乡范围，但还是强调各地党委为上山下乡知识青年创造学习条件。

中央在中发〔1978〕74 号文件中，规定：

> 要关心和重视下乡知识青年的学习。要安排一定的时间，积极组织他们学政治、学经济、学文化、学科学技术。
>
> 文化出版部门要供应他们"精神食粮"。科研部门要辅导他们开展科技活动。教育部门要为他们举办多种形式的业余教育。下乡知识青年通过业余学习，经过考核，达到普通高等院校毕业生同等水平的，发给证书，承认其学历，用其所学。

从 1973 年起，各地把以学文化技术为中心的培养教育，摆上了知青安置工作日程，不少地方抓出了成绩。

许多青年即使在比较艰苦的条件下，仍然坚持刻苦自学。

在中专、技校恢复招生时，政府明文把下乡知青列为招生对象。据国务院知青办统计，从 1962 年至 1979 年，经推荐、报考被大专院校和中等专业学校直接从农村中录取的下乡知青达 126.46 万人。

这也是在当时历史条件下，党和政府对上山下乡知青所能做到的一定关怀和补偿。

函授教育在 20 世纪 70 年代初广大知识青年中的影响很深。1968 年，城市知识青年上山下乡运动轰轰烈烈，"史无前例"。随着大批知识青年的上山下乡，生产、生活上出现了许多新的矛盾和问题，其中一个突出的矛盾是学习问题。

这批青年除了辗转在"田头、灶头和坑头"外，还要不要学习以增长知识，以备在日后的"生存"中，包括在农村的广阔天地中得以驰骋呢？

当时的一些有识之士，包括教育部门、上山下乡领导部门等有关领导们，也都为这个问题绞尽脑汁。

终于在实践中，在知识青年家长们的支持拥护下，提出了一个对策，即在上山下乡知识青年中举办函授大学形式的学习班，组织上海有关大学开设马列著作、电工（机械）常识、农村常见病防治、写作知识等课程，在下乡知识青年中进行招生试点。

阜阳地区的蒙城县是一个教学点，选择了立仓、乐土公社为先行试点，以待取得经验，在全国推广。

知识青年函授教育一经办起，立即得到广大知识青年的热烈响应，掀起了一股下乡知识青年学习知识的旋风。

原来相当一批知识青年的知识水平参差不齐，由于当时的历史环境，一大批初中毕业生的文化知识水平相当低下，有的连一封家信都写不好，弄得啼笑皆非的事，屡屡发生。因此，当这项函授教育正式办起时，受到了青年们的欢迎。

例如，复旦大学一名教师去教学点上辅导课，一下子到了1000多名青年，坐满了大礼堂。大礼堂坐不下，还拉线听广播。

还有许多青年为及时赶上学习班听辅导课而往返奔波，历尽艰辛的事例各地均有。这股学习的风气，随着函授教育的不断深入扩展而逐渐升温。

同时，知识青年函授教育的深入，使广大知识青年学习专业知识和专业技能的积极性大为增强。由于函授课程中专设了电工机械和农村常见病防治，招收了一大批学员，从而对促进青年们掌握用电知识，农村常见病的防治、救护等知识以及熟练维修拖拉机等技能起到了良好的作用，使青年们在这一领域里有了一个施展才能的机会。

例如，有的学员参加了"农村常见病防治"这个科目，因为生产忙，时间紧，就白天劳动，晚上坚持学习；学针灸，在自己身上找穴位扎针，学中草药，就遍地寻找识别；对一些农村常见病积累资料，在辅导老师的指导下，掌握、鉴别、诊断和治疗。在当地农村中起到了很好的作用，受到农民的称赞。还有的青年学习了电工、机械知识，对农村发生的雷击事件进行宣传讲解，修理拖拉机技术也有了进一步提高。

由于青年们掌握了这些知识技能，在农村中发挥的作用也越来越大。函授教育在实践中真正办成了"学得进、用得上"，成为知识青年们展翅飞翔的助力器。

函授教育也为青年勤奋读书、不断上进创造了一个良好环境。

函授教育一经办起，那股读书的风气、学知识的热情就慢慢地形成了合理而又时髦的氛围，使广大知识青年看到了希望，尝到了甜头。因此，许多青年的床头案旁，日渐增添了许多书本，"啃书本、钻技术"的风气日益浓厚。

有的书本找不到，就坚持听电台广播。这种读书学习的良好环境，提高了一批青年的文化知识水平，当1978年高等院校恢复招生考试后，一批批学以致用的青年纷纷被高校录取，这其中函授教育也起到了一定的促进作用。

有一位知青叫李建萍，他后来写了一篇文章叫《知青时代的"充电"》，文章写道：

> 我是1973年11月份下放的，那时知青管理工作开始规范了，老知青们已经在农村待了几年了，有许多人担任了大队干部、民办教师、赤脚医生、农技人员，虽然体力劳动减轻了，但他们也碰到了许多生产、生活当中的实际问

题，他们渴望通过理论学习不断增长知识，以提高自己的工作水平。

那时候上大学的机会是很难得的，要指标、要推荐、要政审，不能继续学习的问题困扰着广大的知青。就在这时，知识青年函授教育应运而生，这一新兴的教学方式立即得到广大知识青年的热烈响应，大家积极报名参加，掀起了一股下乡知青学习文化知识的旋风。我们大队的三个知青都报名参加了知青的函授学习，一个学赤脚医生，一个学民办教师，而我学的是马列基础。

李建萍还记得在县委党校开学的第一天，宽敞的礼堂坐满了知青，许多来晚了没有座位的知青，只能坐在礼堂外面的操场上，李建萍和几个知青同伴围坐在大喇叭下，开始了知青函授的第一堂课。

李建萍学的第一篇课文是《国家与革命》，第一次听这样深奥的政治理论课，虽然大家听得很认真，笔记做得很仔细，但仍然有很多听不懂的。下课以后，这些知青就在一起进行讨论，相互对笔记，讨论到最后还是似懂非懂。

知青们只能反复背诵"国家机器""上层建筑""经济基础"等名词解释，读得多了自然就有了收获。

那时一年中有两次集中辅导，李建萍总是十分珍惜这个机会，不管工作如何紧张，都要参加。

有一次在县青年农场进行辅导，李建萍搭上拖拉机，一路颠簸呕吐几十里路程，放下行李就走进会场学习，尽管农场的学习条件不是很好，但大家不会埋怨，席地而坐，膝盖当桌，学得有滋有味，讨论得非常热烈。

李建萍在文章中写道：

> 1974 至 1975 年，我们坚持了两年的学习，先后学习了《国家与革命》《哥达纲领批判》《共产党宣言》《论权威》等马列主义小册子，通过马列主义基础理论的学习，坚定了我们的马列主义信念。

四、知青先进代表

●1979 年 8 月 17 日至 30 日，国务院知青领导小组在北京召开了部分省、市、自治区上山下乡先进代表座谈会，激励青年发挥模范带头作用。

●1975 年 9 月 2 日，《人民日报》报道："江西省宁都县竹洁公社从小爱好天文的下乡知识青年段元星，在 8 月 30 日北京时间 19 时 35 分也发现了这颗新星。"

●1969 年到 1973 年 4 年的时间里，下乡知识青年李正义共安装小电站 31 个，安装打米机、柴油机 20 多台。

中央召开知青先进代表座谈会

1979 年 8 月 17 日至 30 日，国务院知青领导小组在北京召开了部分省、市、自治区上山下乡先进代表座谈会。

座谈会邀请了 21 个省、市、自治区的 34 名上山下乡、回乡知识青年。他们是：邢燕子、侯隽、程有志、蔡立坚、邱家恒、周秉建、洪调研、何营、王朋森、戈克俭、赵军翔、高崇辉、张志龙、纪庆勤、严洪华、高康良、周学俊、谈龙如、王老虎、张克难、刘敢庭、曹小平、陈跃文、招汉铨、戴彩润、傅衍彭、辛温、居元、刘裕恕、张革、孙立哲、鱼珊玲、肉孜古丽、薛喜梅。

代表中，女知青 11 人，男知青 23 人；回乡知青 2 人，城镇下乡知青 32 人；年龄最大的 39 岁，最小的 23 岁；下乡 10 年以上的老知青就有 28 人。

这是一次以老知青为主的座谈会。

当时，召开这次会议的主要目的，就是配合新闻单位做好宣传报道，发挥这些先进人物的模范带头作用，激励青年志在四方、献身四化，肯定上山下乡的正确方向。

26 日，座谈会达到高潮。

这天下午，中共中央主席华国锋、副主席李先念，以及王震、余秋里、胡耀邦、王任重等领导人，在人民大会堂接见了34名知青代表并合影留念。

华国锋在讲话中称：

> 大家很关心知识青年上山下乡是搞对了，还是搞错了。我们说，知识青年上山下乡是对的。无论是从实现四个现代化的需要来看，还是从加强国防来看，都需要动员知识青年到农村和边疆去。如果说过去知识青年上山下乡工作有一些缺点和毛病的话，那么，我们加以改进就是了。

这是上山下乡运动中表彰知青先进人物的最后一次全国性会议。赴会代表人数之多，规格之高，宣传声势之大，都是前所未有的。这次会议，也是上山下乡运动中知青典型们最后一次展示风采。

8月31日，《人民日报》刊登了以座谈会全体代表名义写的《给全国上山下乡知识青年的一封信》，主要是肯定了广大知青在上山下乡当中所取得的巨大成绩，号召全国知识青年坚持这条道路。

但是，不论与会代表们多么振奋，会议并未如预期的那样在知识青年中造成很大影响。有些仍在农村的老知青还写信给《中国青年报》，表示听到座谈会消息后"思绪万千，对知青上山下乡有很多问题想不通"。

这些知青以质疑的方式，表明了对上山下乡运动的态度。

对于这次座谈会，有些在乡知青更加坦率地表达了自己的看法。如郑州市郊柳林公社和花园口公社知青农场的知青们，告诉到访的《中国青年报》记者说：虽然中央十分重视这次座谈会，破格接见代表，但在知青中反应不强烈，许多人漠不关心。

当时本想通过座谈会对典型人物大张旗鼓的表彰，遏制知青的返城热潮。但是，事态的发展却是，代表们关于"扎根"的宏论很快就成了过眼云烟。知青返城的势头丝毫未减。

这年8月，在乡知青尚有500万人，到第二年6月，只剩下150万了。

但无论怎样，知识青年在上山下乡过程中，为社会主义建设事业作出了可喜的贡献，祖国的山山水水留下了他们战天斗地的足迹。

除了这次表彰的一部分先进典型外，上山下乡知识青年的先进人物还有很多很多，他们为了广大农村的建设奉献了他们的青春，祖国和人民是永远不会忘记他们的。

上海知青高康良建设第二故乡

1969 年的阳春三月，刚过 20 岁的高中毕业生高康良怀着建设新农村的豪情壮志，从上海来到江西省永修县虬津公社张公渡大队第一生产队插队落户，并担任了由 10 名上海知青组成的知青班班长。

来到张公渡，首先映入青年眼帘的是：对面的云山山脉层峦叠翠，脚下的修水河波光粼粼，田野里铺满了红花草，宛如绿底红花望不到边的绒毯。

然而，6 月下旬，青年们刚刚安定下来，山洪就汹涌而来。大雨时停时下，河水还在上涨。在抗洪抢险战斗中，高康良冒着危险抢着下水去堵漏。他在堤上跑来跑去，在水里钻进钻出，连续两天两夜没合眼。洪水被制伏了，高康良圆满地完成了上山下乡的第一份答卷。

在那些和乡亲们风雨同舟、同甘共苦的日子里，高康良逐渐对农村产生了深厚的感情，对农业产生了浓厚的兴趣。他下定决心，继续接受艰苦的锻炼，把青春献给新农村的建设事业。

在洪水退后的运土修堤和送肥抢种中，别人是挑两只土箕，他却挑 4 只，扁担挑断了换一根。队里分派农活，每次他都要求拣最重、最脏的干。

乡亲们看在眼里，喜在心头，称赞说："小高哪里像城里人，他比我们更吃得苦！"

1974 年，高康良担任了大队副主任、团总支书记。此后，他对自己的要求更高了，他一心扑在生产和工作上。

有一年双抢时节，高康良到一个后进生产队去蹲点。当他正和社员们起早摸黑紧张双抢时，突然得了一场病。喉咙里出现了两个硬块，严重影响吞咽。医生怀疑是恶性肿瘤，建议他立即回上海诊治。

高康良心想：双抢是一年四季中最紧张、最艰苦的时候，自己作为一个干部，怎么能在这种争分夺秒的时候离开呢？他决定等双抢以后再说。

社员焦急地劝说，高康良却风趣地说："是恶性的，早去几天好不了；是良性的，迟去几天死不了！"

整个双抢，他仍然同以前一样，晴天一身汗，雨天一身泥，可是他每餐却只能喝一点稀粥。社员们见他这般忘我的革命精神，无不深受感动。

这一年双抢任务，比以往任何一年都完成得快，完成得好。就在双抢结束时，高康良的病竟然也好了。

高康良把整个心都交给了农村，他坚定地沿着自己选定的路走下去。每当有招工、参军、招生的指标，他总是让别人先走。最后，知青班只留下了他一个人。

1975 年秋，公社党委为了便于领导，让知识青年更好地在农村发挥作用，决定把分散在全公社的 24 名上海知青，集并到麻洲大队涂家岭上，建立一个独立核算的知青队，并让高康良负责。

白手起家，困难很多，何况这涂家岭岗上旱，岗下涝，一阵大雨，庄稼就得泡汤。公社和大队在这里办过畜牧场，都没有成功。

高康良望着这荒凉的景象，暗暗地下定决心：要干，就要干得像个样儿，一定叫涂家岭彻底地改变模样。

然而，要把主观愿望变为客观现实，需要付出多少辛勤的汗水啊！他们只有两头牛，这大片的土地怎么耕得过来呢？冬天耕种大忙的时候，各个队都要用牛，高康良就提议自力更生，用人拉犁。主张借牛的青年却嘀咕着："用人当牛？这又不是在原始社会！"

高康良带领着伙伴们肩上套着绳子，弯着腰，弓着背，用原始的方法耕种着 20 世纪 70 年代的土地，他们像老黄牛一样，脚踏实地，在贫瘠的土地上洒下汗水。

地翻出来了，节令也已经相当紧迫了。别的生产队的油菜、小麦都早播完了。青年队如果还是用当地种子，那收成无疑要受很大的影响。于是，高康良就和另一个伙伴挑着担子，到 50 多公里外换来了生长期短的种子。

为了解决缺水的问题，这年春节，高康良带头放弃了回上海探亲的机会，和伙伴们奋战了一个冬天，开挖了一条 40 多米长、5 米深的引水渠，筑了一条 4 米多高、10 米多长的提水坝，把水库的水引上了涂家岭的最高处，使原来灌不到水的"望天丘"变成了丰产田。

高康良领着大家在涂家岭上洒下了多少汗水？战胜了多少困难？没有人计算过，也无法计算。然而，涂家岭这块土地却把这一切都一点一滴地记住了。

在涂家岭建队第一年，水稻亩产由原来的二三百斤，一跃跨过了《纲要》，农副业收入达 1.1 万多元。第二年，水稻亩产过 500 公斤，劳动日值由第一年的 1 元增加到 1.5 元，超过了当地所有的生产队。

不论是春天喷香的油菜花，还是夏天肥绿的豌豆荚，或是秋天金黄的稻海浪，冬天肥胖的甘蓝包，都仿佛在告诉人们：涂家岭和昔日的荒凉永远告别了！

伙伴们都说，涂家岭能变样，功劳应归于高康良。

是的，别看这个知青队规模小，可要当好这个队长不容易！从生产到生活，从学习到娱乐，样样都得操心：每天天刚一亮就要下地，饭总是吃不安稳，常常端着饭碗处理事情。睡觉了，还不断有人来找他，就连到公社或县里开会，他也要抓会议间隙为队里办事情。一散会回队，第一件事是先往地里跑。

知青队有了这样的领头人，还能不改变面貌吗？

生活的道路是不平坦的。1978 年夏末秋初，正当高康良带领大家奋战"三秋"的紧张时刻，社会上一股"回城风"刮到了涂家岭上。没几天，在农村战斗了近 10 年的伙伴们，纷纷离开了。队里除了几个老农，只剩下了高康良和另一名知青。禾苗没人管，拖拉机没人开。而且又偏偏碰上了罕见的大旱。

高康良心如滚油煎熬，却还有不少人在他耳边吹风："小高，扎根农村该收场了。"

这个刚强的年轻人心中翻滚得很厉害：知识青年走与工农相结合的道路，难道不正确？志愿下乡务农，为社会创造物质财富，能说方向错了？

现在农村是艰苦点，不正因为艰苦，才需要一大批有志于改变农村落后面貌的青年去努力奋斗吗！好男儿志在四方。这条路我一定要坚持走到底！

在这严峻的关头，为了不使这个队垮下去，高康良还兼出纳、拖拉机驾驶员等工作，一个人干几个人的活。为了不使知青队这年的收入减少，他组织拖拉机为造纸厂运稻草赚运费。他每天4时就起床，一直忙到晚上十一二点。在他的带领和精心组织下，秋收秋种任务胜利完成，油菜种得比上一年还多。

就这样，在大旱之年，队里粮食亩产仍达到上一年水平。紧接着，第二年高康良又领着伙伴们打了个翻身仗，工分值突破了2元大关，每人平均年收入600多元，多的达到近800元。

高康良为建设社会主义新农村作出了贡献，党和人民给了他很高的荣誉。

他先后两次上北京，受到中央领导的亲切接见。

高康良荣获全省新长征突击手和全国新长征突击手标兵的光荣称号，当选为省五届人大常委和全国青联委员。

后来，高康良和伙伴们还积极筹办"农工商联合公司"，把自己的第二故乡建设得更加富庶美好，吸引更多的知识青年到这里来安家落户。

林淑娘三次要求留下建设农村

1966 年，林淑娘从印度尼西亚回到中国山东省烟台市第一中学读书。高中毕业时，她响应党的号召，决心到农村去创造更加幸福美好的生活。

学校领导对林淑娘说："你是归国华侨，父母都在国外，离开城市到农村去，国家照顾起来不方便，还是留下来吧。"

听到这些话，林淑娘的心中热乎乎的。回到祖国两年多来，党的温暖，亲人的关怀，变成了她战胜困难，一往无前的巨大动力。

林淑娘流着眼泪对学校领导说："我是祖国的孩子，我的一切都是党给的，我要听党的话，到农村去。"

说着她拿出了早已为下乡准备好的胶鞋、挎包。

经过林淑娘的再三申请，学校领导批准了她上山下乡的要求。

1968 年 9 月下旬，刚满 18 岁的林淑娘，怀着建设社会主义新农村的雄心壮志，来到了山东省文登县来村公社西海庄大队插队落户，受到了干部、社员的热烈欢迎。

林淑娘第一次下田劳动是割豆子。她从来没有见过豆子是怎么长的，更不用说怎样割了。女社员每人割三行，队长让淑娘割一行，她埋下头，拼命割，累得满头大汗，腰酸腿疼，可是仍然远远地落在社员后边。

为了过好劳动关，林淑娘自觉在艰苦的劳动中磨炼自己。

凭着这种精神，林淑娘不仅学会了锄、耘、点、种，而且学会了推独轮车。

种小麦时，每亩要施 5000 公斤肥料，林淑娘推起独轮车跑在前。队长见她汗水一个劲地往外冒，怕她累坏了，要她休息。

林淑娘回答说："劳动哪能不流汗。我也不是潮头浪花，摔打摔打会更硬棒。"

林淑娘就是凭着这样的热情，这样一种拼命精神，练就了坚强的意志，火红的心。

共同的战斗生活，使林淑娘与社员群众心心相印，息息相关。

她深深地爱上了祖国的农村，爱上了西海庄的农民。

村里的老贫农于大爷看场没有蚊帐，淑娘就把自己的蚊帐送给了他；曲希莲大嫂因病住院，撇下 3 个孩子在家，淑娘日夜为她料理家务；上级发下救济款时，让林淑娘去送，她把自己勤俭节余下的钱暗自放进救济款内，一起送给五保户。她自己身上却穿着补丁衣服，脚上蹬着一双洗得发白了的解放鞋。

社员们感动地说："淑娘这孩子，真是和咱们的心贴在一起了。"

1970 年底，林淑娘从外县开会回来，一进村就有人告诉她:"上级调你去当工人了。"

林淑娘想:在上山下乡的道路上,自己刚迈出了第一步,怎么能离开呢?她坚决要求留在农村。

1971 年春天,队里又推荐林淑娘上大学。有人劝她说:"当工人你没走,这回可别错过机会。将来大学毕业,找个称心如意的工作。"

林淑娘说:"我现在的工作就很称心如意,俺不走。"可是,不久淑娘接到了入学通知书,大学的老师来领她走。林淑娘恳切地对领导说:"对于我这个在国外生长的青年,农村也是一所大学,让我留下继续学习锻炼吧。"党组织再次批准了她的要求。

1971 年秋天,县委准备调林淑娘当干部。党的信任感动得她热泪盈眶。经她再三要求,领导上又一次批准她继续留在农村。

在党的阳光沐浴下,林淑娘在广阔天地里茁壮成长。1970 年 12 月,林淑娘加入了中国共产党,后来,当选为大队党支部副书记。

为了改变西海庄大队面貌,林淑娘和党支部一班人制订了围海造田规划。

工程开始后,她日夜和群众一起奋斗,一条拦海大坝巍然屹立,500 亩海滩稻谷飘香;凹凸不平的盐碱地,变成了平坦的肥沃良田;全大队粮食产量翻了一番,亩产从 1968 年的 200 多公斤增到 550 多公斤。

每当谈起这些变化,社员们都赞扬说:"俺西海庄能有现在这样，淑娘不知流了多少汗啊！"

1973 年，林淑娘光荣地出席了党的"十大"，幸福地见到了毛泽东主席。在那难忘的时刻，林淑娘热泪盈眶。她想起了自己在国外的苦难生活和回国后在党的培育下迅速成长的鲜明对比，力量倍增，决心不辜负党的希望，一定要用自己的实际行动，去谱写新时代革命青年的"理想之歌"。

1974 年春天，山东省委任命林淑娘为省委统战部副部长。

职务高了，地位变了，林淑娘却坚持不脱离劳动，不脱离群众，做一名普通劳动者。

一次，林淑娘从省城开会回来，刚进村口正遇到青年割草积肥。她袖子一捋，裤角一挽，二话没说，就跳进齐腰深的水中，和青年们一起挥镰割草。

多年来，林淑娘坚持把生产大队当作她的"根据地"，一有时间就回队参加集体生产劳动。

1974 年，林淑娘被省委授予山东省上山下乡知识青年标兵的光荣称号。

1977 年 8 月，林淑娘出席了党的第十一次全国代表大会。伟大的胜利唤起她无穷的力量。她说："社会主义是干出来的，不是喊出来的，我一定以战斗的姿态，投身到向四化进军的伟大革命洪流中去，把青春全部献给党，献给祖国，献给人民。"

段元星发现天鹅星座的新星

1975年9月2日，《人民日报》报道了北京天文台发现天鹅星座新星的消息：

> 江西省宁都县竹洁公社从小爱好天文的下乡知识青年段元星，在8月30日北京时间19时35分也发现了这颗新星。

自从天文学有文字记载的3000多年以来，被人们发现的新星只有100多颗，而目测发现新星的，世界上就只有少数几个人了。然而，在我国目测首先发现新星的人，竟是一个普通的下乡知识青年，这就不能不像新星本身一样吸引着人们。

消息像长了翅膀的春燕，飞向大江南北，长城内外。成千成百的信件似雪片般朝这位业余天文爱好者飞来，人们惊奇地探询着、谈论着，天鹅星座的新星是怎样被一位普通的下乡知识青年发现的呢？

段元星是江西省宁都县人。中学时，段元星借到了《天文学简史》和《中国古代科学家》。他捧起这两本书，爱不释手地读了起来。

啊！关于日月食的文字记载，在全世界我国是最早的。我国古代人民对天文现象的观测和记录，已被全世界公认为最精确、最完整的观测和记录。

看到这些，段元星很受鼓舞，可是，我国近代的天文学由于封建统治的腐朽、蒋家王朝的黑暗，已经颓废得不成样子。因此，段元星感到忧郁和焦虑，他推开房门，遥望着那无边无际的星空。

星星忽闪忽闪，月牙时隐时现，似乎在向他召唤，又在向他挑战："段元星呀，天空有着无穷无尽的奥秘，你有勇气探索吗?"

段元星禁不住从内心发出呐喊："祖国的天文事业应该尽快赶上和超过世界先进水平!"他掏出了日记本，挥笔写下了自己的誓言：

> 为了祖国的天文事业，为了人类光辉的未
> 来，战斗! 战斗! 战斗一生! 贡献一切!

理想的火花，在段元星胸中迸发了! 但理想的大厦，是靠艰苦实践的砖瓦建筑起来的。段元星把天文学列入了自学课程，他老老实实、辛辛苦苦、逐块逐块地为理想大厦堆砌着砖瓦。

1968 年 12 月，段元星响应党的号召，来到竹洁公社大布大队插队落户。下乡第二年大队选他担任了民办教师。党的温暖，群众的深情，滋润了段元星心头的理想之花。他对自己说："农村艰苦怕什么? 像大庆工人那

样，有条件要上，没有条件创造条件也要上！寒暑尽心观天象，誓为祖国争光彩！"

段元星立足农村，放眼星空，以土代洋，因陋就简，在仅有的一架自制的口径 7.8 厘米土望远镜的条件下，坚持天文科研活动。

段元星常说："星空为我恒友，不窥如隔三秋。"不论是数九寒冬，还是盛夏三伏，他坚持每个晴夜进行观测。他在牛枯垛村小学进行巡回教学的 5 年时间里，经常很早起来，到一个小山顶上观测黎明星空。段元星因为经常在深夜和黎明出去观测天象，腿上曾 4 次留下了村里大黄狗的牙痕。

在他下乡不久的一天，一夜寒潮把生产队的秧苗全部冻烂了。社员们心疼地说："假如早知道天气变化，做好防寒保温工作，就不会有这样的事了！"一席话，激起段元星心中的涟漪。他决心在天文科研中结合气象观测，预报天气，为农业生产服务。

装在瓶子里的蚂蟥和剥了皮的小松枝做的"晴雨计"，便是他最早的仪器。后来，他又自己掏钱买了干湿温度计等设备，结合观测风云物象，进行天气预报。

1973 年，在双抢大忙季节，久旱无雨，又要抢收已经成熟的早稻，又要派人抗旱抢种晚稻，可把生产队长急坏了。这时，段元星跑来说："不用抗旱，不用抗旱，明天就会下雨了！"队干部一听，喜出望外，按段元星的意见重新安排了劳力。第二天，早稻基本抢收完毕时，果然暴雨降临。

为了把学到的一些天文知识和农业生产紧密结合起来，段元星下乡的第二年，测绘了一张大队地形图。1973 年冬，段元星又为大队测绘了治山治水治田的规划图。有一块地段是改造重点，地形复杂，需要把 24 条山垅的 586 块水田、800 块旱地、48 个山头、91 口水塘、6 个生产队，以及水沟、小路、电杆的位置统统画出来。段元星登上 48 个山头，进行 1000 多次的方位角测定，用一架简单的望远镜，三根晒衣竹竿和一个硬纸板制的大量角器等土设备，运用天文目测方法，花了 1 个月的时间，比较圆满地完成了任务。

段元星从立志天文事业，到发现新星，经历了 16 个春秋。16 年走过的路是漫长的、曲折的。

在段元星有计划地学习天文知识的第 4 个年头，他发现从蛇夫星座飞出的流星特别多。经过一段时间的观测和分析，他认为蛇夫星座有流星群的迹象，便向北京天文馆写了一份报告，谈了自己的看法。他想，这可是我自学天文以来，第一次向科研机关写的学习汇报啊！他盼望着回信尽早到来。几个月后，北京天文馆来信了，信中说不像是流星群，并把他的报告退回来了。不像"流星群"，就是说，自己的自学成绩没有及格。这对段元星来说，真是个不小的打击。

这件事引起了一些同学的议论、奚落，段元星听了，心里说不出是什么滋味。他跑进宿舍，看见床头上那一大叠一字一句抄录的天文笔记，不禁鼻子一酸，两行热泪直往下掉。这时，他一抬头看见了墙上的毛主席画像，老人家正慈祥地看着自己呢！他顿时觉得脸上火辣辣的，心想，老一辈革命家在那战火纷飞的年代，经历了多少艰难险阻，而自己在业余科研的道路上遭受一次失败，一次挫折，就伤心掉泪，不正说明自己内心深处还有某些不健康的东西吗？段元星擦干眼泪，翻开日记本，写下了下面一段话：

> 搞科学研究没有失败才是怪事，不做长期失败的思想准备，必然经受不住考验；就是一辈子也没有获得成功，经验和教训也可以被后人所利用，也是能够对科学发展的洪流有所推动的。

写到这里，段元星好像甩掉了一个大包袱，浑身轻松了许多。他又钻到书本里去了。

1970年4月下旬，我国第一颗人造地球卫星上天的喜讯传来，像春雷，又像战鼓。段元星遥望着遨游太空的红色卫星，聆听着卫星播送的《东方红》乐曲，心潮澎湃。

他暗下决心，给自己提出了四项研究项目：一是进行气象观测；二是观测不规则变星；三是横扫星空未知，发现新星；四是探索苍穹奥秘，发现黄星。

日复一日，年复一年。段元星的业余天文研究还看不出有什么"名堂"。

社会上的风言风语，像根根针刺射向段元星。有的说他是"想月光想迷了"，有的说他"地上的事都管不好，还想管天上的事，真是飞机上吹喇叭——'想'得高"，有的甚至说他是发了精神病。

这些话传到了段元星的家里，淳朴的母亲本来看到儿子经常早起晚睡，身体日渐消瘦就很心疼，现在又传来这些难听的活，怎么受得了！她暗忖：只有让儿子死了钻天文的这条心，才能减掉这些"麻烦"。母亲开始劝说段元星，一看没有作用，便要动手把段元星的书籍毁掉。为了应付这一招，段元星一面耐心地向母亲宣传学习天文知识的意义，一面偷偷地将天文书籍转移到同学家中藏起来。

段元星的一些亲属、朋友也劝他说："手艺是千家货，天文是一家货，还是改学点手艺吧！"一个上了年纪的长辈，见段元星这般勤奋刻苦，禁不住摇头叹息："唉！假如你花了这么多精力去学医的话，恐怕早就成为人人求拜的名医了！"

"好心"也罢，恶意也罢，段元星心里默念着马克思的名言：

　　任何科学批评的意见我都是欢迎的。而对于我从来不让步的所谓舆论偏见，我仍然遵守这句格言：走你的路，让人们去说吧！

"走你的路，让人们去说吧！"16 年过去了。

1975 年 8 月 30 日，这是多么美好的日子啊！夜幕刚刚降临，无数颗星星在天幕上闪烁着，像节日的礼花，放射出奇光异彩。

段元星在梅江河里游泳上岸后，站在河边的沙滩上，又习惯地对星空进行目视观测。他巡视大熊星座、仙王星座、天鹅星座……啊，天鹅星座尾巴上多了一颗星！他心里一怔：是人造卫星吗？没有移动，不是。是变星吗？他记得清清楚楚这个位置没有变星……新星？一定是新星！

此刻，段元星脑海里只有一个念头：研究新星有重大科学价值，必须立即向国家天文机关报告！他飞一般跑回家，取出自制的天文望远镜，测量了新星的位置和亮度，连夜向北京天文台和紫金山天文台写了发现新星的报告。第二天上午在发信的同时，又向北京天文台拍发了电报。那时，他的心激动得快要蹦出来啦！

果然，发现新星的消息公布了。段元星受到党和人民的热情鼓励和赞扬。

北京天文台特地给他寄来了贺信，信中说："你的工作做得很好！从用目视观测手段发现新星来讲，其发现的时间是很重要的，在这一点上说，你的发现为祖国争了光！"

"为祖国争了光!"这是多么崇高的荣誉啊!青年伙伴推选他参加了省知识青年代表大会,向党作了汇报。

电台广播了他的事迹。报纸登载了他窥测星空的身影,全国科学大会特邀他为大会代表,而且中国科学院破格将他吸收为北京天文台的研究生。

段元星还荣幸地当选为五届全国政协委员、四届江西省政协委员。

1978年3月18日,在金碧辉煌的人民大会堂里,党和国家领导人接见了全国科学大会全体代表。当中央领导同志握住他的手时,他激动的泪水夺眶而出……

翟新华把农场建成优秀企业

内蒙古自治区巴彦淖尔盟建丰农场场长翟新华，是1969 年下乡到内蒙古建设兵团的北京知识青年。1975年，他所在的团改为国营建丰农场，他被提为副场长，1978 年担任场长。

几年来，翟新华一面实干，一面学习，已经成为一个优秀的企业管理干部。

翟新华担任农场领导后，在党委的支持下注意抓生产管理，领导全场职工艰苦奋斗，使粮食产量不断提高。1978 年，建丰农场在河套地区的十几个农场中第一批实现了粮食自给。

翟新华从 1979 年开始，着重探索改革经济管理制度。为了弄清楚生产、计划、财务、供销等领域的学问，他学习政治经济学，还研究了国外一些企业搞好经营管理的经验。他在学习的同时，分析了造成农场多年亏损的各种因素，整理了大量数据，并吸收本场懂得经营管理的各方面的人才，组成扭亏增盈领导小组，作为"智囊团"。

1979 年底，经过同全场各方面反复酝酿讨论，翟新华制定出一个以扭亏增盈为中心的"三定一奖"：定收入、定支出、定盈亏、减亏增盈奖励的责任制。具体做法是：农场对 30 个分场一级和直属单位实行"三定一奖"，各分场也对各个班组、畜群以及一部分户、个人实行"三定一奖"，并按农业、工副业、学校、医院和机关等不同单位，以及盈利和亏损的不同情况，确定不同的奖励比例。这样，就把全场每一项经济活动同每个职工的切身利益结合在一起。

同这种责任制相适应，农场还对工资制度进行了改革，把工资分为20%的产量工资和80%的作业工资。作业工资又分为工分工资和级差工资，以便把个人之间、班组之间和分场之间的差别体现出来。这种责任制在短短的半年中已经产生了显著的效果。与 1979 年同期比较，1980 年上半年全场总收入增长了 52%，总支出减少了 26%，亏损降低 60%。

翟新华认为，要办好一个企业，必须有大量的各种人才。因此。他十分重视发现和使用人才。有人说他是求才心切，见才眼开，爱才如命。有一个会计叫张国政，精通财务，在全场数一数二，但曾因经济问题被判过半年刑，一直不被重用。翟新华到场部工作后，主张大胆使用张国政，并在制订全场奖惩条例时，多次请他当参谋。

有人反对这样做，翟新华对他们说："我想使用他，对我们好处大。有些人要强调他的德，但也要重用他的才，他有一分热就让他发一分光。总之，要把一切有一技之长的人都用起来，让他们为四化建设服务。"

1979 年底，翟新华读了一篇介绍外国管理企业经验的文章，很受启发。他想，建丰农场要扭亏增盈，要向农工商联合企业的方向发展，也必须及时地了解市场情况，才能迅速而合理地购进本场需要的物资，并把本场的产品以及多余的劳动力、运输力等投到市场上去，把买卖做活。而这就需要有几个"买卖人"，有几个"商人"。因此他把过去干过采购员、熟悉市场情况的张国成调任供销科的负责人，同时也把张国政调到供销科，作为负责人之一，加强了供销环节。半年来，他们积极进行市场调查，掌握市场动态，买卖已经开始做活，大大增加了农场的收入。

翟新华有个特点，干工作有布置必有检查，而且检查得非常认真，一丝不苟。

在建丰农场，各项主要农活都在翟新华的主持下规定了具体的质量标准。如锄地，要求拉通、靠到、不埋苗、不伤苗、锄净草。麦收，每平方米内落穗不得超过 3 穗。施化肥，要深施埋好，不准"天女散花"等。一项农活完成后，场里要进行检查验收，达不到标准要立即返工，决不迁就。

翟新华总结工作、讲话，总是到事、到人，指名道姓，不论表扬还是批评，是哪个单位就讲哪个单位，是哪个人就讲哪个人，决不含糊其词。他要求科室、分场汇报工作时也不要说空话，要情况具体，数据准确，一是一，二是二。翟新华常说："我们是在办企业，办企业是搞科学，而科学必须严格。"

翟新华的另一个特点是处事果断。他认为，一个好的企业管理者，必须对不断变化的情况迅速、准确地作出反应和判断，及时作出决定。在这种情况下，"果断"是必要的，不能什么事都"研究研究"。

翟新华还说："我们办事效率低，就是因为许多人怕负责任，谋而不断，甚至不谋不断，等研究好了，时机也失掉了，损失也造成了。当然断也要断得准，断得正确，如果一个企业管理者常常断错，那就证明他不具备管理者的条件，就应当干脆下台。"

翟新华办事公正，一视同仁。常有些职工找他解决个人问题，凡需要解决的同类问题，不但来找的人得到了解决，没来找的人也同时得到解决。凡需要批评的事，同他个人关系再好的人也逃脱不了。

对于翟新华的这种雷厉风行作风，少数干部感到有点吃不消，但大多数人说：在翟新华手下工作，虽然很辛苦，但心里很痛快！

翟新华认为，企业经营管理是一门科学，企业管理者是一种从事科学活动的职业，他作出的决定和发出的指令，必须有充分的科学依据。因此，一个企业管理者实际上是一个"杂家"，他需要许多方面的知识。除了坚定的政治信仰以外，首先必须在经济学方面有较深的造诣，要通晓经济规律。

翟新华说："我作为一个农场场长，还必须懂得农、林、牧、副、渔、机等各行业的生产知识，了解它们之间的相互关系。而计划、劳资、财务、供销等，也必须弄懂。此外还要懂一些社会学、心理学、历史学等，而逻辑学又可以提高你的思考能力和表达能力，一个管理者说起话来概念不清、语无伦次是不行的，没有点鼓动性也不行。"

几年来，翟新华在没有专门学习机会的情况下，在繁忙的工作之余勤奋地学习各方面的知识。1978 年冬闲时，他把工作交给了副场长，把自己关在家里学习《资本论》。有人反对这种做法，他说："我今年 30 岁，还要工作 30 年，如果不学习，10 年后就要被淘汰。"

后来，他又结合本场情况研究了 10 多个专题，包括生产、财务、劳动工资计划指标的制定，场部管理费的定额管理，以及固定资金和流动资金、成本、各类消耗定额、各类补助、各种税收、基本建设投资、决算等。每一个专题的研究有了结果，他都写出了书面材料，并附有大量的数据和资料。

翟新华成了知青中较早的企业管理专家，为企业经营管理扭亏为盈做出了榜样。

梅继林推广小麦科学栽培技术

1970 年 4 月，上海下乡知识青年梅继林从上海来到夏庄插队落户。新的生活开始了，梅继林处处感到新鲜有趣，但同时也产生了许多新的问题。

解放都 20 年了，农村为什么还这样落后，农民生活为什么还这样苦，难道这穷根子拔不掉吗？这一个个为什么在梅继林的脑海里激起了波涛。

这年冬天，上级拨下了一批救济粮。一天晚上，天空飘着大雪，北风在呼啸，梅继林背着半口袋粮食轻轻推开了五保户刘大娘家的门。

"大娘，给你送粮食来啦！"

刘大娘多次吃过国家的救济粮，但是，这次看到下乡知识青年给自己送粮食，激动的泪花挂上了眼帘，她颤颤巍巍地握着梅继林的手说："孩子，党这样关心俺庄稼人，俺没能多打粮食支援国家，反而年年要国家的救济粮，心里实在过意不去呀！

"唉！想啥办法呢？咱这地方哪一年不是涝就是旱。继林哪，你是念书识字的人，能有办法治住这旱涝灾害，咱们就不用发愁了。"刘大娘的话深深启发了这个有志气的青年人。

梅继林暗暗下了决心，要做出改变夏庄落后面貌的规划。

学习、调查、访问、实测、研究……几乎占满了他的业余时间，渐渐地，一幅根治夏庄旱涝灾害的蓝图画成了。

1970年冬，淮北大地寒风刺骨，全村男女老少都投入了平整土地，开沟挖渠的战斗。

战斗的第一天，梅继林拉着装满泥土的车子，在工地上来来回回奔跑了一天。

第二天，公鸡还没叫，天空灰暗，北风仍在呼啸，梅继林就扛着工具走出了家门。

在工地上，茅草在抖动，"锵"的一声，坚硬的冻土震得双臂发麻，这是梅继林用力铲出的工地上的第一锹。3天过去了，梅继林手上打起了血泡，虎口震裂了，脸也冻烂了，年仅17岁的梅继林是多么想坐下来歇一歇呀！可是，当梅继林接过老队长递来的开水时，仿佛看到了全村人的支持和希望，他咬了咬牙，又坚持干起来。

一个冬春过去了，在平整过的土地上，玉米和红芋长得格外旺盛。秋季，连长期低产的"南老荒"也第一次获得了丰收。

首次获得丰收给夏庄人带来了巨大欢乐和鼓舞，他们一个冬春接着一个冬春，一连干了3个冬春，在这场大规模劳动中，梅继林一直干在最前面。

1972年，夏庄夏季小麦单产达到了200公斤，平均每人分了150公斤，这不仅在夏庄，就是在全公社也是破天荒的一次。

老饲养员像得了孙子似的高兴，五保户刘大娘逢人就说好……可是，有些没有受过苦的小青年却飘飘然了，突击队里就有人说："夏庄现在是坐到宝塔尖上了，要是都能达到咱这个高度，我看哪，到共产主义也就差不离了。"这充满着对现实生活的赞美，充满着对胜利的自豪，但也流露出骄傲、满足现状的情绪。

但是，对事业心很强的梅继林来说，他已经在考虑新的里程、新的目标。夏庄的产量跟周围社队比是高了些，可是跟先进的地方比只能算低水平的，跟一些发达的国家比差得更远，人家的小麦产量能达 400 公斤，甚至上千斤，夏庄为啥达不到呢？

实践同样提出了问题，1973 年夏庄小麦产量不仅没有提高，单产反而比前一年下降了 15 公斤多，这时有些人傻眼了，甚至泄气了，然而梅继林却从此踏上了农业科学试验的征途。

同一块地，同样的种子，同样的水肥条件减产了 15 公斤多，是播种晚了吗？不是。是管理上有差错吗？也不是。从小麦长势看，比去年还好呢！那么减产原因在哪里呢？梅继林在苦苦思索着。请教有经验的老农，他们也说不出个道道来，翻开农业科技书籍，也找不出答案。

谜底，究竟在哪儿呢？吃饭的时候，梅继林目不转睛地盯着桌子上的小麦样品。白天干活，梅继林思绪奔腾，深夜两点了，纸糊的窗子上还映出他手托下巴的身影。多少个黎明啊！公鸡把他从沉思中唤醒。

一天夜里，梅继林又一次看完了他心爱的《小麦栽培学》，谜团仍不得其解。他数着桌上的样品麦粒，突然发现两瓶麦子的粒数不一样，又数一遍称一称，麦子的千粒重也不一样，渐渐地，梅继林心里明白了，原来是小麦品种退化了。要防止小麦品种退化，就必须对种子进行提纯复壮。

秋天，夏庄整理了 5 亩小麦种子田，梅继林亲手播下了种子，但是，同时也播下了希望和担忧。

小麦发芽出苗了，梅继林心里有如春风荡漾的湖水，多么兴奋啊！他像辛勤的园丁爱护着百花盛开的花圃，他像慈爱的母亲爱抚刚刚降生的婴儿。

冬天，他每天清早都要去看一次，麦苗冷不冷？会不会凉坏。俗话说，麦怕胎里旱，千万不能让小生命渴着了。春节前，大田的麦子浇了一次，可种子试验田就灌了两遍。梅继林认为，要打开农业科学之门，必须付出更多的代价。晴天，梅继林蹲在田里细心观察、记录。雨天，他拿着铁锹及时放掉积存的雨水。多少个曙光初照的早晨，他踏着露水，背着沉重的喷粉器给小麦打药，多少个傍晚，他在给小麦锄草施肥。功夫不负有心人，试种终于成功了，经过提纯复壮的种子，颗颗粒大饱满。第二年利用提纯复壮的种子加上科学种田，全队 120 亩大田创造了单产 315 多斤的好收成。

任何作物都有遗传性和变异性，只要掌握它的规律进行选择和培育，不仅能防止种子的退化，而且能获得更加优良的纯种。从感性认识上升到理性认识后，梅继林通过对小麦提纯复壮试验的总结，又扩大了对棉花和杂交玉米的提纯复壮，并开展了小麦与玉米、小麦与棉花、玉米和大豆的间作试验，使全队粮棉产量都获得了大幅度增长。

1975 年，6 亩棉花的试验田，亩产皮棉达到了 102 公斤，超过了 1970 年前大田棉花产量的 14 倍。

1978 年，由于国家对知青政策作了调整，全国农村有成千上万的下乡知识青年返回了城市。这时，梅继林也收到了 10 多位亲友、同学的来信，劝他不要放过这千载难逢的好机会，就连过去一直支持他扎根淮北的父母也来信，催他回上海。

读了家信，梅继林陷入了沉思和苦恼。他想，在夏庄 10 年，曾放弃了 4 次升学、3 次招工的机会，全大队 33 名知识青年先后走了 30 人，除 1 人结婚外，只剩下两人了。

党的十一届三中全会以来，党对加速实现农业现代化非常重视，许多政策正在落实，目前正是大干四化，大显身手的好机会，可为什么偏在这个时刻，父母要催我回城呢？他决定回上海一次。

1979 年 2 月初，梅继林回到了上海。他看到不少邻居的孩子都从农村回来了。同学们见了都劝他要正视现实，赶快回来，就连他弟弟也讽刺他"想当畜牧场场长"。他不由暗暗地考虑：难道自己的想法和做法真的落后于形势吗？难道只有回上海才能为四化作贡献吗？难道……他努力寻求着正确的答案。

一天晚上，梅继林来到了曾同他一起落户淮北的小赵家，小赵曾担任过大队党支部书记，1978 年考取了复旦大学，两人很好。小赵劝他："回上海好好补习功课，努力考上大学，等掌握了专业知识，再回农村也不迟。"

梅继林从小赵家里回来，心里很不平静，他佩服小赵为四化顽强学习的精神，也相信小赵用科学改造社会的道理是对的。但是，自己怎么办呢？梅继林失眠了。此刻，他想起去年到北京参观 12 个国家农机展览时受到的教育和启发，实现农业机械化，要靠有文化有技术知识的人才去奋斗，这使梅继林再次受到鼓舞。

第二天，梅继林又到好友李建强家里，征求对自己是否回上海的看法。小李是在阜南插队后上大学的，如今是阜阳师范学院的教师。

他对梅继林说："过去你在农村战斗有个规划，并已经为实现自己的理想付出了劳动和心血，也取得了一定的成绩。在新的形势下，如果你认为对自己干熟的事业继续努力，比丢开自己熟悉的事业另学一样东西，对社会更需要更有益，更能使上劲，那你就应该沿着这条路坚定地走下去。"

小李的意见，打开了梅继林的心窗。他想，要搞四个现代化，需要各种各样的人才。当个发明创造的科学家，自然对人类贡献很大。但是，先进的科学技术也需要有人去推广、去应用呀！每个人都要从自己的实际出发，能干什么就干什么。人生在世，是要为人民干几件事情的，很多事情可能是微不足道的。但是，四化大业是由件件小事汇成的，好高骛远，见异思迁，是成就不了什么事业的。

梅继林用这些道理说服了自己，也说服了父母，他高高兴兴地牵着从上海买来的两条荷兰牛回来了。老队长朱安国见到小梅就问："继林啊！人家上海来的青年都回去了，你这次回去吗？"

老队长话音未落，梅继林就笑着说："老队长，你放心，我不走了，这一辈子就跟你们一起干农业这一行了"。老队长听了高兴地紧紧拉住梅继林，激动得说不出话来。

10年扎根经风雨，喜见幼苗已成材。1974年，梅继林光荣地加入了中国共产党。1975年，他担任了大队党支部书记。后来，又由公社副书记提任为公社书记。

10年来，他多次出席县、地、省先进知青代表会，还被评为全国新长征突击手标兵、省劳模。

梅继林常说："我下乡10年，党和人民把我从一个无知的青年培养成为一名共产党员、党的干部，我一定牢记共产党员的崇高职责，为发展农业、建设四化，甘愿做一颗铺路石子，永远铺在农业现代化的道路上。"

当年，正是这些无私奉献的知识青年们，为把祖国建设成为伟大的社会主义现代化强国，在辛勤地不倦地贡献自己的力量。

陈家澍发明袖珍数字温度计

路是人走出来的。只有不畏艰难险阻、勇于攀登的人，才有希望达到理想的境界。江苏省五届人大代表、邢江县下乡知识青年陈家澍，就是这样一位奋发有为的青年。他经过两年的不懈努力，设计创造了我国新型的袖珍式数字温度计，一步一个脚印地朝着电子科学的高峰进击。

这种袖珍式数字温度计，不受气温、湿度、时间等条件的影响，可以实行远距离的测温，操作人员只要按下按钮，所测温度便用荧光数字清晰、准确地显示出来。他把工农业生产、科学研究、国防建设、医疗卫生和粮食保管等方面的温度测量技术，推进到一个新的水平。

为了这种袖珍式数字温度计，陈家澍付出了许多艰辛的劳动，花费了许多心血和汗水。他是怎样越过重峦叠嶂，踩出一条成才之路的呢？

1968 年，陈家澍从南京市第一中学初中毕业后来到农村插队。这个白白净净的小伙子，整天风里来、雨里去，手上打起了血泡，肩膀磨起了馒头似的肿块，还是乐呵呵地跟着乡亲们干活，丝毫也不懈怠。

傍晚，村庄一片寂静。劳动了一天的小伙子们，聚在一起打牌、下棋，嬉闹消遣，常常玩到半夜三更。在这偏僻的乡村里，周而复始的劳动，使活泼的青年人觉得乏味、枯燥。陈家澍是个有头脑的人，他像一位严厉的法官时时审视着自己：青春该怎样度过？难道就这样让自己的大好年华虚度？这个有理想、有抱负的青年，无论劳动多么艰辛，他从不加入那打闹说笑的行列，下工回来，不是捧着书本背数学公式，就是演算练习题。

看着这番情景，有的小伙子不解地问他："陈家澍，现在我们已经是标准的泥腿子啦，学那 A、B、C，背那 X、Y，还派得上什么用场？"陈家澍听着这幼稚、无知的话语，心里久久不能平静。想起下乡前夕母校老师的期望，想起年迈的双亲的嘱咐，想起农村落后的现状，他习惯地推了推近视眼镜，说："我们是新型的农民，农村需要有文化的青年，建设社会主义新农村需要知识，需要科学！"

幼年便与无线电结下了不解之缘的陈家澍，在农村劳动的岁月里，他起早贪黑帮全大队几百户人家安装了有线广播。生产队的电动机坏了，经他的手修理好了。谁的收音机有了故障，他很快地帮忙修好。他还帮公社卫生院装置了高频手术刀、青霉素测试仪……

乡亲们最爱实际，夸夸其谈不能赢得他们的信赖。他们头一遭看到这些新鲜仪器，人前人后地竖着大拇指夸赞陈家澍："究竟还是有文化的小伙子，露出的这几手，真不简单哪！"

这时的陈家澍，思想仿佛长上了翅膀。在农村这个肥沃的土地上，只要辛勤地耕耘，知识青年是会大有作为的，他要把自己学到的文化知识，献给建设社会主义新农村的伟大事业，让理想在这里开花、结果。

"千里马"终于遇到了"伯乐"。1974年9月，陈家澍的聪明才智被县知青办和粮食局的同志看中了。当时，商业部号召各地要科学保粮，县里决定迅速造出一种数字温度计，改进测量粮温的办法。他们从全县1.3万多名知识青年中选优拔尖，陈家澍成了技术骨干，队里的大伯、大婶知道县里把他调去搞发明创造，叮嘱他一定要搞出个名堂来。

研究基地在公社的粮管所里，这个丘陵山区的重点粮库，堆放着数千万斤粮食。陈家澍和他的伙伴朱小松，看到粮食保管人员肩扛一捆几十斤重的铁杆温度计，爬上几米甚至10多米高的粮堆，把顶端带有水银温度计的长铁杆子一根一根地插入粮囤里，有时插不进去，还得用木槌砸下去。隔15分钟，再用力拔出来观察，记录粮食的温度。一座500万公斤的粮库，两人连续工作7天还检查不了一遍，碰上阴雨天或是药剂熏蒸期间，不能开仓测温，弄不好就造成粮食霉烂。

"这是多么陈旧、笨重的方法啊！"陈家澍紧皱双眉，不由得自言自语起来。

工人师傅接过话头说："你们有文化，能尽快发明一种仪器，把测量出的温度直接用数字反映出来，那就好啦！"

工人师傅恳切的话语，像重锤敲在陈家澍的心上。他联想到在农村劳动的情景，人们常说生产 1 斤米要流 4 两多汗水，他虽然没有考证，但对粮食的来之不易，是有很深刻的体会的。在生活的道路上，陈家澍第一次意识到自己肩负的重担，立志研制一种具有 70 年代水平的数字温度计。

陈家澍懂得：攀登科学的高峰不能单凭热情，还需要知识作为攀登的阶梯。要造出一种先进的数字温度计，对于只有初中水平的陈家澍和朱小松来说，难度是可想而知的。然而，困难挡不住有志的青年。他和朱小松像久旱的禾苗，努力地吸取知识的甘露，自学了数学、物理、化学，攻读了《晶体管脉冲数字电路》等基础理论。

那时，两个小伙子把每月 20 多元的生活费，省吃俭用，硬是省下钱来，订了 10 多种有关无线电知识方面的杂志。陈家澍和朱小松边学边探讨，画了上百张草图，进行了上千次的计算，经过 1 个多月夜以继日的苦战，终于掌握了数字式温度计的核心：热敏电阻数字电桥的设计方法，画出了整机逻辑图和电原理图。

有了图纸，要把它变成仪表，困难接踵而来。几十块印刷线路板、框架、外壳、按钮、显示屏都需要自己手工制作。制作印刷线路板，按照要求必须照相制版。可是，两个小伙子手里仅有 1 只万能表，两把电烙铁。

陈家澍说："到外面加工，单线路板就要好几百元。我们自己动手用笔画吧！"

他们找来了鸭嘴笔，用油漆画线代替照相制版，经过试验效果还好，两个小伙子心里像喝了蜜一样舒坦。他们白天画，夜里也画，有时一块版竟要画上两天两夜。停电，他们便点起蜡烛画，蜡烛点完了，就把蜡烛头集中到小铁盒里继续点。

他们从傍晚画到鸡啼，陈家澍实在太劳累了，他身不由己地打了盹，蜡烛火苗烧着了他的头发，烧坏了他的眼镜架子，当他惊醒过来时，觉得头涨得像笆斗一般大，眼珠要蹦出来一样疼痛，他拼命地揉揉眼睛，又埋头画了起来。就这样，30多块印刷线路板，全靠手工一笔一笔地画好了，他们把它放在氯化铁溶液里自己加工腐蚀，10多天，就制成功印刷线路板。

要把数字显示技术运用到粮食测温仪上，是更大的难题，县粮食局领导特地安排陈家澍和朱小松到上海取经。这是多么难得的学习机会啊！他们在9天里连续走访了30多个单位，白天请教了上百位工人师傅、技术员和教授。晚上，还赶到卢湾区工业专科学校听脉冲技术讲座。

当人们知道这两名知识青年为何而来时，连70多岁的老教授也挤出休息时间，不厌其烦地给他们传授有关专业知识。

上海之行，使陈家澍如虎添翼。他看到人家采用的是铜电阻，根据自己设计测温仪的实际情况，大胆地提出用热敏电阻来代替，这不仅降低成本，还能缩小体积。

为了将测温点的热敏电阻直接埋在粮堆里，上粮和下粮时不至于碰坏，他把热敏电阻和细导线同时穿在直径只有10毫米的塑料软管里，做成了测温电缆。这样，既保护了热敏电阻，又使投点方便、准确。

接着，他又大胆地在测温仪上，添置了"仓温寄存器"，装置了数字式报警电路，对粮库本身温度可以自动显示，一旦超过正常的温度，就能立即发出声、光信号，从而实现了粮食测温、报警自动化。

在科学上从来没有平坦的大道。全数字粮食测温仪组装完毕，陈家澍进行了调试试验。谁知，当他一打开电源，点序和仓序便出现了干扰和牵制，数字显示紊乱。他接连搞了两天两夜也没有成功，陈家澍心里十分难受。叩开科学奥秘的大门，实在不容易啊！

就在这时，省、地、县知青办和县粮食局的负责同志看望并亲切地鼓励他们。经过4个月的艰苦奋战，第一台数字粮温巡回遥测仪试制成功了！

如果说，困难是一种锻炼，那么，成绩和荣誉更是一种考验。陈家澍没有满足已有的成绩，又对全县39个贮粮点进行了调查，看到自己研制的遥测仪只适用于保管量大、长期储粮的仓库，而对大多数存粮分散、流动性较大的贮粮点，并不完全适用。陈家澍盘算着怎样迅速造出袖珍式的新型数字温度计。

正在这时，一家电影机械厂为了解决16毫米电影放映机中的片门温度的测试问题，需要测量高达150摄氏度的数字温度计，两次派人前来要求帮助研制。

但是，陈家澍既没有看到过这样的仪器，也没有这方面的参考资料，仅仅从杂志上零星片段地了解到国外有这类产品，人家多半采用了大规模的集成电路，甚至一块集成电路就能完成复杂的从物理量到数字量的转换。就是这样的仪器，也存在电路复杂、耗电量大的弱点。然而，我国还没有达到这样的水平，有没有别的办法呢？

陈家澍左思右想，能不能在现有的条件下，利用已经取得的经验，研制出袖珍式数字温度计？他向朱小松谈出了自己的想法，两人决定试一试。

于是，他们找来了具有集成度高、功耗小等特点的集成电路和集成电路运算放大器，用4节电池作为电源，初步搞成了一台样机。按钮一按，马上就显示出热敏电阻探头上感知的数字温度。

看着这标出的数字温度，朱小松兴奋得直摇陈家澍的肩膀，连声说："原理是成功的，原理是成功的。"

陈家澍养成了一丝不苟的严谨作风，虽然原理是成功的，但还有不少的弱点：一是用了3组电源，电耗不平衡；二是电流消耗大；三是电源电压低落引起较大的误差；四是电池所占的体积太大。

陈家澍全部精力倾注在袖珍式温度计的研究工作上。他无所谓上班制度，也无所谓节假日，头发长了忘了去理，衣服脏也没空换洗。

夏天，他在防震棚里操作，不顾闷热和蚊虫的叮咬。

冬天，湖边气温骤然降到零下 10 摄氏度左右，冻得直打冷战，他搓搓手暖暖身子，又埋头去研究。就这样，陈家澍先后做了 8 台样机，进行了多次的电路试验，终于得到了动态平衡的工作状态。节省了一组电源，电流消耗从 30 多毫安降到 10 多毫安，电池始终能保持温度计的精确度。

经过 10 个月、300 个日日夜夜的艰苦奋战，新型的袖珍式温度计终于问世了！

这项成果，在科技界产生了强烈反响，全国 10 多种报纸和电子、无线电技术杂志，相继发表了他的论文和有关他的文章。

各地热情洋溢的信雪片似的飞来，21 个省、市的 100 多个单位派了技术人员登门参观取经，许多工厂、矿山、医院、农业气象、国防军工单位纷纷来函、派员订货。

陈家澍的这项发明在全国青少年科技作品展览中，还荣获了银质奖章。后来，陈家澍以优异的成绩考进了南京工学院无线电工程系。

黄伯洪用电子技术为农业服务

1968 年 10 月，18 岁的黄伯洪在江西上饶一中高中毕业了，他怀着改变农村落后面貌的抱负，来到安徽、浙江、江西交界的德兴县畈大公社插队落户。

下乡后，黄伯洪在设备极为简陋的情况下，先后制成高频种子处理器、高频脉冲驱兽器、恒流式快速充电器、半导体冷阴极黑光灯、粮食水分测定仪、水质测定仪、自动控时器、作物辐射器、自来水自控抽水设备、无电源变压器扩大器、自控广播扩大站、大功率起爆器、半导体针疗器、针麻仪等 20 多种电子电器设备，还研究了作物的电效应，为建设新农村作出了贡献。

1969 年春天，秧田里的秧苗开始长出来了，翠绿如茵，十分可爱。

就在这时，寒潮侵袭到了畈大公社，成片成片的秧苗枯黄了，烂掉了。在公社担任电工的黄伯洪和社员一样心急如焚，他决心跟寒潮斗一斗，攻下烂秧关！可是，从哪儿突破呢？

一天，公社商店的采购员小胡告诉黄伯洪说，红外线辐射能解除香烟发霉。这件事引起了黄伯洪的兴趣：红外线灯泡有辐射，能用于处理种子吗？不妨试试看。

黄伯洪和小胡立即找来谷种，分成几批，按不同时间，用红外线进行处理，然后放在培养盆里培养。

3天过去了，5天过去了，培养盆里的谷种没有绽出期待的白芽，而是变黑、霉烂了。

失败的痛苦折磨着黄伯洪，怎么办？碰到困难就洗手不干吗？为什么失败？黄伯洪翻来覆去睡不着，他从床上爬起来，提笔给在北京一个研究所工作的姐姐写信，请她帮忙找找原因。

姐姐回信了，鼓励弟弟掌握科学技术，努力实践，攻克难关。信中夹着一份《科技通讯》，上面有报道某国家用高频原理处理种子的简短消息。"太好了，一个极为重要的收获，人家能办到的，我就不能？才不信哩！"

黄伯洪的房间里，经常彻夜灯火。他的脸庞，也在一天天地消瘦。但是，知识在他的脑海里积累着。高频原理弄懂了。种子处理器的线路图设计出来了。按比例缩小的辐射2瓦的小样机，也装成了。

正式装配了，没有零件，黄伯洪就把自己的半导体收音机卸下元件装处理器。没有大功率电源变压器，就串联小功率的变压器来代替。没有大功率的线绕电阻，就从盐水溶液里引出两根导线来代替。磁高压变压器、高轭线圈、灯丝变压器都没有，黄伯洪掏出积蓄，买来硅钢片，自己动手绕。

种子处理器装好了。第一次试验他先用低压把机子预热一下，然后打开高压。种子处理器怪叫起来，没容小黄切断电源，"啪"的一声，爆炸了。顿时，屋里弥漫着青烟，焦煳味充塞着整个房间。

失败没有吓倒黄伯洪，他找到了失败的原因，是机子耐压不够。于是，黄伯洪重新设计了一种半波倍压线路，省去10多只变压器。同时，他设计了一只耐压很高的电解电容，以便控制电流。这种电解电容很难买到，黄伯洪就将小容量的电解电容串联起来，解决了这个难题。

装成后，经过测量，直流高压居然达到600伏，这是预定的要求，要是能加上负载，试验就算成功了。

谁知一加负载，没出半分钟，种子处理器发出一丝"嗡嗡"声，体积逐渐大了起来。小黄屏住呼吸，伏下身去检查。原来，小容量的电解电容承受不了高压，两边起了泡。

这时，还没来得及切断电源，电容爆炸了。锡箔纸、电解液、铝皮屑飞溅开来，黄伯洪双手捂住了眼睛。参加试验的小胡叫道："你的眼睛怎么啦？"小黄擦了擦眼睛说："看得到，没事。"说完又去检查机子。小胡一把盖住机子，劝道："算了吧，太危险了，差点把……"黄伯洪倔强地说："就是炸瞎了，我还要摸着干！"

这天晚上，黄伯洪通宵达旦，连续奋战。三极管、二极管、电阻、电容……在他脑海中翻腾着，排列着，组合着。到清晨，他终于设计出全波倍压线路图……

胜利，属于百折不挠、永远奋击的人。不久，一台种子处理器诞生了。它能使种子提早半天发芽，提高发芽率21%，比较成功地解决了烂秧问题。

黄伯洪把试验成果写成科技资料，寄给有关科研部门，得到了赞扬和鼓励。

后来，黑龙江某工厂根据小黄提供的资料，经过一些改革，大批制造了高频种子处理器。许多单位在运用处理器后，还专门来信感谢。后来，黄伯洪的第一台高频种子处理器摆在了省农业展览馆。

黄伯洪还发明了驱兽器。因畈大公社是个山区，野兽特别多。每逢秋收季节，好端端的一片庄稼，一夜之间会被成群结队的野猪搞得一塌糊涂。社员们为了保护劳动果实，只得整夜守在山上的窝棚里，敲锣赶野兽。即使如此，仍然免不了被野兽钻空子，甚至有人被野兽、毒蛇伤害。

黄伯洪暗暗琢磨，想研制一种驱兽器，制伏野兽。他向党委汇报了自己的想法。领导很高兴，让他依靠群众摸清野兽活动规律，早日造出驱兽器。

黄伯洪到处求师请教，了解野兽活动规律。猎手老昆叔把自己打猎的经验，毫无保留地传授给他。他仔细听着，记录着，对野兽怕声音这个特性特别感兴趣。他想，装个音响驱兽器，用高音喇叭准能吓走野兽。

果然，装成的音响驱兽器很灵。守山的人见野兽一来，轻轻一按电钮，高音喇叭一阵"呜呜"怪叫，把野兽吓得乱窜。

双抢来了，劳动力十分紧张，可驱兽器却要一个好端端的劳动力陪着，黄伯洪自问：难道不能搞个自动控制的驱兽器？

自动报时器启发了黄伯洪。这种自动报时器，也是他发明的。他是在闹钟里装个定时装置，然后连在广播上，到了规定时间，闹钟一响，全社的广播喇叭就像报晓的公鸡那样叫起来，催促社员们参加双抢。

黄伯洪设计了自控驱兽器的线路图，又连续干了几个晚班，终于试制成功了。事物总是在矛盾斗争中发展着。自动控制的驱兽器，开始效果很好。时间一长，狡猾的野兽似乎懂得了高音喇叭的秘密，又肆无忌惮地在高音喇叭声中，安然地糟蹋着庄稼。

黄伯洪经过多次冒着生命危险的试验，高频脉冲驱兽器试制成功了。从此，野兽再也吃不到庄稼，只能尝到电的滋味。秋收后，有个装了驱兽器的生产队，增产7500公斤红薯，2500多公斤玉米。

凝结着黄伯洪的心血和智慧的新产品，一件接着一件问世了。他的事迹报纸刊登了，电台广播了。然而，黄伯洪感到自己基础理论不足，要取得更大的成绩，就必须刻苦钻研，不断学习。他向知识的更深领域不断探索着。

这年双抢过后，闹了虫灾，螟虫成群飞舞。小黄想造一种用直流电，适合山区特点的黑光灯。他当时是公社电工函授班的兼职教师，与学员们一商量，便干了起来。不久，那种轻巧、省电、价廉的半导体冷阴极黑光灯试制出来了。

不久，可控硅快速充电器也诞生了，解决了全公社的汽车和拖拉机的电瓶的充电问题，具有快速、省电的优点，还有自动保险装置。但是，顶着风雨试制成功的黑光灯，黄伯洪怎能忘怀呢？

1977年的双抢即将来临，黄伯洪为筹建生产黑光灯的小作坊奔波累病了。医生叫他住院，他不肯。终于在双抢前造出100台黑光灯，及时支援了灭虫保苗战斗。黑光灯像一个个哨兵，屹立在田间，闪烁着警惕的眼睛，守卫着公社的田野，搏击着大自然的风风雨雨。

大凡致力于某项科研的人，往往是在一些细微、平常的现象中发现问题，加以研究，取得成果的。黄伯洪就是从一棵爬在电线上"吃"电的丝瓜上，研究出作物的电效应的。

有一次，定坑大队的广播线出了故障，黄伯洪沿线一查，原来是棵爬在电线上的丝瓜，影响了线路畅通。他把丝瓜藤拿了下来，仔细瞧瞧丝瓜，呵，确实长得不错。可是边上那几棵爬在竹竿上的丝瓜，长得就不如这几棵。这种奇异的现象，引起了黄伯洪的注意，他琢磨不透。

黄伯洪翻书查资料，没找到根据。他潜心思索，大胆猜想，可能是电对作物有某种刺激作用。

猜想到证实之间的桥梁是实践。于是，黄伯洪在菜园里拉了几根铁丝，分成高压、中压、低压和不用电4

组，搞起了对比试验。

炎热的中午，他不顾汗如雨淋，拿着仪器测量电压，观察变化。寂静的夜晚，他任凭蚊虫叮咬，打着电筒记录数据。

过了几天，接在高压上的那组菜，有点发黄了；低压和不通电的几乎没有差别；只有中压那组，好像有点争气，长了一点。正巧，这时黄伯洪有事去县里。临走，他委托几个同志照料试验地，还特地关照说："有事打电话找我。"

黄伯洪到县的第三天，告急电话来了："高压那组菜叶片要烂了，不行了。"

黄伯洪冒着大雨，连夜回到了公社。刚一到家，顾不得25公里夜路的疲劳，连身上湿的衣服也来不及换下，他便一头扎进菜园里去了。

黄伯洪仔细考虑，认定电压太高，会对作物有压抑作用。于是把高压那组降压，其余不变。

半个月后，奇迹出现了。高压那组菜变样了，叶片转青，新发出许多嫩芽，生机勃勃，低压那组菜也向上蹿了蹿，绽开了许多花蕾。此刻，黄伯洪加快了步伐，他翻阅所有的记录，查数据，寻找答案。他到菜园一次又一次用心测量菜的生长速度。电对作物有促进作用，黄伯洪深信不疑。

这一天，黄伯洪骑着自行车，去检查自动广播扩大站的线路。突然，一棵丝瓜紧紧地吸引了他。丝瓜藤牵攀在线路上，一个个丝瓜悬挂着，足足有 1 米多长，这比小黄试验田里的还要好。

黄伯洪急忙下车，仔细观察。他抬起头来，沿着线路向前看去。呵！河对面还有一棵，也是长得这么好！黄伯洪一乐，来不及脱鞋挽裤腿，"哗哗"地蹚过河去，专注地看着，思索着：这条线路是用交变电压；那两组菜，也是变压后才好起来的。看来还是变压在作怪！想到这里，黄伯洪撒腿往家里跑，连自行车都忘记在路边。

此后，黄伯洪的试验地里又多了一根铁丝，用的是变压。果然，蔬菜经过变压的刺激，呼呼地直往上长。

这一年，小黄试验的蔬菜，在同样条件下，用电刺激的比不用电的增产 1.2 倍。作物电效应试验成功了。随即，黄伯洪把自己的发现，试验的结果，连同数据写成了报告，寄给了上级科研机关。上级科研机关给予小黄很高的评价。

后来，黄伯洪的事迹多次上了报纸，并在电台广播过。他被选为江西省第四届政协委员、全省青少年学雷锋标兵。

武绍亮研制风力发电机造福牧民

1980 年 4 月 10 日上午，在呼和浩特市召开的内蒙古自治区风能协调会议上，来自全国的有关科研人员正在热烈地讨论风能利用问题。

国务院农机部门的一位负责同志说："风能利用的首要条件是要有一个风能资源分布的详细考察，这方面的考察我国一直没有人搞。"

这时，一个身材颀长的青年站起来说："我在这方面作了一些粗浅的调查，愿意抛砖引玉地谈一谈。"会场上引起了一阵骚动，数十双眼睛一齐盯住了他。

这个青年头头是道地说："全国风力分布划为 4 个等级。内蒙古全年平均风速是每秒 3.64 米，约占全国风能量的30%，相当于 747 亿×10 万马力，换算成电能等于549 亿×10 万千瓦，也就是说等于目前全世界现有发电能力的几百万倍，可以说取之不尽……"

这个对风能资源很有研究的年轻人，是一个普普通通的呼和浩特市下乡知青，他叫武绍亮。

1970 年初，一个严寒的深夜，在乌拉特中后联合旗巴音公社插队的武绍亮，正在一位牧民老大娘家帮助接生羊羔。蒙古包外狂风呼啸，包里小煤油灯忽明忽暗。就在这天夜里，由于天黑看不见，两只小羊羔生下来后没有及时护理，冻死了。

清晨，武绍亮看着蒙古老妈妈痛惜羊羔的神情，思绪万千。多么富饶的草原，多么勤劳的人民，可又是多么落后的生产方式呀！要是能用电来照明、剪羊毛，那该有多好！

可是，在这偏僻的大草原，电源从哪里来呢？水力发电不行，牧区气候干旱，一年难得下两次大雨，附近也没有流量大的河流。火力发电也不行，社员们至今还在烧牛粪，没有燃煤。架设输电线路更不行，仅材料费就要 100 多万元，只有 37 户人家的生产队怎能负担得起。

有一天，武绍亮看到一个牧民老大娘用自制的小风车咕噜噜地捻线，一下启发了他。是啊！怎么没想到风力发电呢！人们说草原上的风一年只刮一次，就是从正月刮到腊月，这是一个取之不尽、用之不竭的自然能源啊！

武绍亮于是像着了魔似的找来有关风力发电的书籍。他翻开一看，傻眼了：电机、风轮、调速装置……复杂的构造，深奥的公式，密密麻麻的外文字母，使他这个初中毕业生如看天书。怎么办？"学！"让草原上的人们用上电的愿望，深深地抓住了他的心。

白天放羊时，武绍亮在草地上学，下工后，就点着昏暗的油灯在自己的"土窝窝"里学。凡是能买到和订到的有关书籍和杂志他都买都订。光是内蒙古科技情报所的书，他就借过 100 多本，写下了四五十万字的笔记。

在很短的时间内，武绍亮学完了高中数、理课程，以惊人的速度，基本上攻下了《风叶机翼理论》《空气动力学》《流体力学》等专项技术理论关。

1971年初，武绍亮带着几个始终没有弄懂的理论问题来到呼和浩特市，向内蒙古大学一位著名的物理学教授求教。武绍亮向老教授说："教授，您知道草原上的人至今还在一桶桶地提水饮畜，他们还在用手一只只地剪羊毛……让草原的人们用上电，是我们青年人的责任啊！"

老教授被武绍亮为人民服务的精神感动了。从此，武绍亮成了老教授的常客。很快，第一张风力发电机的图纸绘制出来了。

有了图纸，武绍亮就准备动手研制，可是，必要的经费和物资在当时很难具备。难道前功尽弃？武绍亮内心似沸水般翻腾着，他在日记中写道：

> 我爱草原的一草一木，爱这里勤劳的牧民，就连草原上的疾风暴雨我也非常喜爱。狂风固然有害，但可以把它利用起来发电、提水，为草原造福。

正是基于这种对草原深沉的爱，武绍亮毅然决定：自费搞科研。

武绍亮用自己积攒多年的 1100 元钱买了风速仪、电机和工具。在制作中，钱不够了，他把家里的缝纫机、手表卖掉；还是不够，他又咬了咬牙，把父亲送的手表也卖了。在冬天，他把仅有的皮袄也卖了。

武绍亮为了取得准确数据，不辞辛苦地在飞沙走石的旷野上测记下每天的风向、风力。一次，草原上刮起 9 级大风，武绍亮爬上房顶准时测记。当时的狂风险些把他掀了下来，他一手搂住烟筒，一手高擎风速仪坚持作业。

在这年的正月初一，人们都穿上新衣，骑上骏马，出去走亲串户。武绍亮却在家里摆开了电机零件和工具，整整忙了一天。第一次风力发电试验，由于计算错误失败了，武绍亮急着翻资料、核对图纸、反复琢磨，寻找失败的原因。

一晃 5 年过去了。武绍亮在极其恶劣的环境下，求教了 30 多个单位，先后进行了上百次试验。

1975 年 11 月，他制造的适合草原使用的第一台小型风力发电机成功了！蒙古包里的电灯亮了！

消息传开，牧民们争先恐后地骑马来参观、庆贺。一位老阿爸拉着武绍亮的手说："孩子，你的心像金子一样，你真把天上的星星摘下来啦！"

武绍亮原来搞的风力发电机虽然已经有了实用价值，但是，成本较高，又太笨重。不要紧，改革它！不久，小型、轻便的风力发电机出世了。这种发电机，只需一根 6 米杆，安上风轮和电机，用电线引到蓄电器上，一接通开关，灯就亮了。

在公社党委支持下，武绍亮一连造出了 24 台，分别安装在一些边境哨所和牧民定居点。为了便于维修和随时掌握运转情况，他经常推着自行车，驮着工具和材料，巡回察看、维修。

1979 年 6 月 29 日，草原上罕见的风雪，使气温下降到零下 32 摄氏度。武绍亮顶着风雪、骑着自行车巡回检查风力发电机。他从上午蹬到下午，牧民王二明见他手和耳朵都冻肿了，说什么也不让他继续再走了。但是，武绍亮为了让更多的人点上电灯，不顾冻伤疼痛，又坚持在风雪中蹬车走了 20 多公里，一直到 21 时才到达边境哨所，一下车又继续忙碌起来。

1979 年，武绍亮研究的风能发电机已列入自治区重点科研项目，并得到自治区领导的支持。为了使草原上能够自动汲水和搞综合加工，他又设计出了大型风力发电机的图纸。

不断进取的人，是永不满足的。武绍亮开始了向风能利用的空白，风力资源的分布考察进军。

1979 年 12 月，武绍亮辞别妻儿，冒着塞外高原的严寒，背着风速仪和借来的照相机，独自做 5 个月的野外风能资源考察。一天又一天，饿了，到村里要点吃的，渴了，饮山间的冷泉水。从乌拉特草原到白云鄂博，从大青山到河套平原，山口、沟底、平川、河谷都印下他的足迹。

冬去春来，武绍亮写出了一份《内蒙古风能资源分布情况考察报告》。他在报告中提出了许多和以前资料所载不同的新数据。这是我国第一份大面积的野外风能资源考察报告。

同时，武绍亮向全国 200 多个气象台、站发信，索取了大量资料。他又到北京中央气象局，查阅了新中国成立 30 年来的全部气象记录。气象局的工作人员敬佩地对武绍亮说："小伙子，你硬是让我们把全部资料都给你运来了，真没见过像你这样下工夫查资料的人。"

武绍亮用坚强的毅力闯过了道道难关，写出了《风能及其分布》的学术论文。这篇论文和他制造的风力发电机，都获得内蒙古自治区青少年科技作品特等奖，并被选送到首都展览。后来，武绍亮光荣地被命名为全国新长征突击手和内蒙古自治区先进知识青年标兵。

16 个寒暑更易，武绍亮驾驭长风，为民兴利，就像他制造的风力发电机一样，风越大，转速越高，发出的能量也越多。他的出色贡献，显示出了一个新时期的青年对祖国四化建设的崇高责任感，凝聚了武绍亮对草原人民一腔赤热的心血。

李正义办电站成为真正土专家

1968 年，李正义高中毕业了。他与 6 个同学一道，来到贵州省黄平县松洞公社羊尾冲生产队插队落户。

在当地党组织和社员的培养教育下，他把改造山区的落后面貌看成自己应尽的职责，努力为四化建设作贡献。他爱学习，肯钻研，学一门会一门，成了办电的"土专家"，技术娴熟的农机修理工。

身为知识青年，能为农民做点什么有益的事？小李经常思考着这个问题。

羊尾冲大队过去照明用煤油灯。在昏暗的煤油灯下，女社员低头做针线，学生趴在小桌上做功课，眼睛非常吃力。社员碾米要挑着稻谷到远处去找碾坊，耽误了不少时间。

要是能建个电站，既照明，又碾米该多好啊！小李的想法得到了大队的支持。1969 年，大队把办电站的任务交给了李正义。

李正义在学校读书时，数学、物理成绩优良，懂得一点电的基本知识。但建设一个小电站谈何容易。

李正义分析了羊尾冲水源不丰富，不能搞水力发电，只能搞柴油机发电。

当时，发电机货源奇缺，无法买到，怎么办？他听说用电动机加电容器可当发电机用。于是，他到书店买了几本电工书籍，反复研究了几个通宵，初步弄懂了电动机加上电容器可作发电机使用的原理和方法。

但这只是理论知识，还必须通过实践来检验。李正义就和另一个社员一起从旧州中学借来一个小电动机，又用自己的钱买了所需的电容器，然后按照书上介绍的方法连接好电路。

头几次试验，由于怕烧坏机件，不敢升高转速，电没有发出来。后来他们总结了经验，把油门加大，转速调高。转眼间，指示灯亮了，电压表也指示了电压，任何机件未被烧坏，而电也发了出来。

试验成功了！李正义心里真有说不出的高兴。

高兴之余，李正义头脑很快冷静下来，接着思考另一个问题：这次试验的电动机是小型的，小的能发出电，大的能不能呢？

带着这个问题，李正义他俩又到县机械厂求援，用大电动机和电容器进行试验，同样获得了成功。李正义心里乐开了花，心想：建成小电站是大有希望了。他俩立即赴县城购买建电站所需的机件。

当时队里资金缺乏，李正义主动将他父母寄来的100多元钱，借给队里用于购买电机材料。买回柴油机、电动机、电容器等设备材料后，他立即按照预先画好的安装设计图动手安装。

经过几个昼夜的奋战，终于发出了电。这里的苗乡山寨第一次亮起了电灯。有了电，白天，带动打米机打米。晚上，学生围着明亮的电灯做作业，妇女在亮闪闪的电灯下飞针走线。

社员群众笑眯眯地说："像小李这样的知识青年到农村来，我们是一百个欢迎！"。

用电动机加电容器发电，离不开柴油机，成本较高，能不能搞造价较低的电站呢？试试看！松洞公社有不少的生产队水源较丰富，有不少水碾。水碾能碾米，可不可以用来发电呢？李正义决心改造这千百年来的古老水碾，让它发电来为生产和生活服务。

他找来有关水力发电的资料，如饥似渴地学习，并着手进行改装工作。

经过多次试验，不断总结，不断改进，终于获得了成功。古老的水碾立新功，受到山寨群众的热烈欢迎。

李正义办电站的经验越来越丰富，电站也越办越多。先是本公社各大队请他去办电站，后来附近公社的生产队也请他去办电站。进而，连邻县附近的生产队都来请他去办电站。

从 1969 年到 1973 年 4 年的时间里，李正义共安装小电站 31 个，安装打米机、柴油机 20 多台。

由于办起电站引入各种农业机械，节约的劳动日就有两万多个，并且减轻了社员的劳动强度。

如黄金大队安装了柴油机、发电机和打米机后，除每户社员点上电灯外，打米不必再挑到 10 公里远的温水塘加工了，只这一项，就可节约劳动日 1000 多个。

李正义办电站远近闻名了，当地的群众和干部称他为办电"土专家"。

其实，他不仅是个办电站的"土专家"，而且还是个安装和修理农业机械、搞水利建设的多面手。诸如柴油机、打米机、电动机、发电机之类，哪样坏了，他去摸摸、看看、听听，很快就能找出毛病，修好机器。县农机校还聘请他当老师。

1972年，黄平县在旧州办了个农机学校，设有机电班和拖拉机驾训班。当时李正义也在该校拖拉机驾训班学驾驶。农机校领导知道他是个办电"土专家"，又是个修理农机的"良医"，于是就聘请他当机电班的辅导老师。

这样一来，李正义可忙开了，他既当学员又当教员。晚上，他翻阅资料，精心备课，刻写讲义；白天，他时而全神贯注地学习拖拉机驾驶，时而一丝不苟地给机电班学员讲课。

在讲课中，他注意理论与实际相结合，带领学员到他所建的电站去参观和实习，毫无保留地把自己的经验和体会介绍给学员，使学员学到的知识扎扎实实。

半年后，学员们结束了农机校的学习，成了具有一定理论知识和实践经验的农机技术骨干，李正义也成了一名合格的拖拉机驾驶员。

1973年10月，松洞公社决定让李正义担任公社水利辅导员。

搞水利，免不了要登山越岭，爬岩穿谷，辛苦劳累且不提，单说责任就很重大，万一哪里勘测设计有误，造成塌方毁库，那可不是闹着玩的。李正义深知这副担子的分量，下决心把它做好。

他背着测量仪器，越岭翻山，跋溪涉沟，普查全公社的水利情况。白天，李正义测量、记录、画图。晚上，走村串寨访问老人，或看书钻研资料，对照实际进行分析、研究、审图。

李正义经常熬更守夜，有时为了弄懂一个问题通宵不睡。李正义在实践中就这样边学边干，边干边学，学会了水利辅导员所应掌握的知识和本领，完成了全公社的水利普查任务，为规划全公社水利工程的近景和远景提供了可靠的依据。

李正义深知时间的宝贵，因此，他不畏艰苦，想方设法克服困难，抓紧在浓雾偶然散开的短暂机会进行测量。由于工作抓得紧，引渠工程终于在预定的第二年春耕前胜利完成。

30 亩望天田变成了"三保田"，并使一部分旱地变成了水田，秋季获得大丰收。

在松洞公社，类似这种当年施工、当年受益的水渠比比皆是：大坪生产队的渠道，老郭田生产队的小河沟引水渠，羊尾冲的水渠和山塘……都是李正义测量的，全公社1973 年10 月以后修建的山塘、水渠、小水库、公路等，也是他测量的。

在水利建设上，李正义成了一个名副其实的尖兵。

胡根恒把心思扑在农机事业上

1968 年，初中毕业的胡根恒，怀着建设社会主义新农村的远大理想，从沈阳市到老家北胡公社安家落户。

胡根恒出生在工人家庭，从小就爱好钻研机械技术，下乡时带了一箱子工具和技术书籍，一心想为家乡的建设和群众做些好事。队里的柴油机出了故障，喷雾器漏水了，他自告奋勇修理好了；谁家的自行车、缝纫机有了毛病，他总是热情、细致地维修，直到主人满意为止。群众都称赞他是个肯钻手巧的好青年。

1970 年，北胡公社建立了农机修造站，胡根恒被群众推选到修造站工作。

胡根恒深深懂得修造站对农机化事业发展的重要意义，更懂得搞好农机修配需要科学文化知识和技术。他从到修造站的头一天起，就把心扑在了农机化的事业上。他把下乡时带来的一箱子修配工具和技术书籍，全部捐给了修造站。

站上修配活很多，胡根恒不懂就问，不会就向老师傅学，还利用业余时间坚持自修。农机具的维修，直接关系到农业生产，往往一件农机具得不到及时维修，就贻误了农时，影响了产量。在日常工作中，胡根恒尽量做到上门的小活及时修，不能上门的大活到现场修。

一个冬天的早晨，天下着大雪，公社钻井队在 5 公里以外的东张大队打井，突然泥浆泵出了故障，如不及时排除，这眼即将打成的机井就要报废。刚刚上完夜班的胡根恒听说后，背起工具袋赶到现场进行抢修，从早晨一直干到下午，终于把泵修好了。

当他看到修好的机器隆隆运转起来，就忘了饥饿、疲劳和寒冷，浑身感到格外轻松，心里有说不出的愉快。

1974 年春，胡根恒当了农机修造站站长。他更加严格要求自己，处处以身作则，苦活重活抢在前，加班加点找活干。他没歇过星期天和假日，就连春节也多是留在站上值班，让同志们多休息。

胡根恒患有关节炎、坐骨神经痛等疾病，但是，他从未因病耽误过工作，曾多次把医生开的病假条藏在衣兜里，照样坚持上班、加班，有时还忍受疾病的折磨，到生产队维修农机具。

站上的工人说："胡根恒跟俺一样顶班，一样有定额，但他比俺操心多，加班多，是俺们的好带头人。"

有志的青年，都有理想和抱负。胡根恒也是一样，但他更可贵的是能把理想和党的事业统一起来。1975 年初，冶金部驻邢台一个单位到南宫县招工，公社党委和群众一致推荐胡根恒去。

胡根恒很感激党和群众对自己的关怀，但是，农村的现实使他想道：家乡的生产水平不高，农机化刚刚起步，过去没机器想机器，现在有了机器愁修理，改变这种落后状况是多么需要有知识的青年啊！想到这里，胡根恒深深感到自己肩上担子的分量。

于是，胡根恒向公社党委坚定地表示："农机化发展需要修造站，修造站也需要我。我不走了，为家乡农机化发展贡献自己的青春和力量。"

就这样，胡根恒先后放弃6次招工、上大学的机会，坚定地战斗在农机修造站。

初建的修造站，只有5间上房，6名职工，全部设备是一盘烘炉和几把锤钳等简单的维修工具。随着社队农业机械的发展，维修任务不断增大，站上虽然添置了老式皮带机床和电焊机等设备，但大部分工序仍是手工操作，工效很低，维修任务忙不过来。

当时，有人主张能干多少活收多少，干不了的往外推。可是，胡根恒不这样想。他分析了各个工序，认为维修进度慢的主要原因，是手工锻打工效太低，直接影响其他工序的加工。

这时，胡根恒想起父亲所在厂里用机械锻打部件的情景，心想：要有台锻压设备多好啊！可又一想，买一台空气锤要花7000多元，修造站家底薄，买不起呀！经过几天的琢磨，他想能不能自制一台弹簧锤呢？

胡根恒的想法得到工人和公社党委的支持。他们查阅资料，到外地参观学习，自力更生搞制造。锤身需两块大钢板，就把13块小钢板焊在一起代替；靠偏心轮传动制造难度大，成本高，改用了废柴油机上的曲轴；没有弹簧，从邢台市废旧物资回收公司找来了废弹簧板；

镗锤眼时，车床加工困难，就用蚂蚁啃骨头的方法，一点一点地啃。

经半个多月的努力，只花300元钱就搞成了弹簧锤，提高工效8倍多，解决了农机具维修难题。

制造弹簧锤的成功，使胡根恒尝到了甜头，开阔了思想，增强了办好修造站、为农机化服务的信心。1974年夏天，正当抗旱的关键时刻，北胡公社10多台柴油机"趴了窝"，每天影响浇地300多亩。

胡根恒心里十分焦急，他通机进行了检查，发现多数是柴油机调速器的推杆出了毛病。可是，这种配件很缺，站上现有设备修不了。要加工推杆，必须制造一台较精密的小车床，这是解决柴油机维修的当务之急。

胡根恒迎难而上，和老工人一起研究、搞设计方案、查阅技术资料，还多次去县城工厂请教，先后绘制200多张图纸，攻克一道道技术难关，小车床试制成功了。投产后生产推杆1.5万多根，不仅满足了维修的需要，还支援本县30多个公社和20多个兄弟县的急需。

多年来，胡根恒和全站职工发扬艰苦奋斗精神，先后自制车床、铣床、钻床等设备26台，装备了修造站，大大提高了修配能力。拖拉机中修和部分大修、小拖配套以及柴油机、电动机等农业机械的维修、保养，修造站都能完成。每当工人谈起修造站发展这样快的时候，都说："这得给站长胡根恒记头功。"

1975年秋天，因为天旱，夏播庄稼成熟晚，小麦播种期缩短了。如果不能按时播种，第二年小麦收成就要受到影响。为了抢时间赶季节，社员急需一种工效高的小型机引播种机。修造站义不容辞地承担了这项任务。

胡根恒多次召开会议，集思广益，和工人一起研究，查阅资料。他深入附近十几个大队和县城工厂，向20多位老农和工人师傅请教。他们综合3种大型播种机的优良性能，确定了制造方案。在加工部件时，他们坚持就地取材，用站里旧三角铁做播种机架，用废油桶铁皮做下种脚管，传动装置利用旧的自行车链、轮代替齿轮。

经过10多天紧张加工，终于在小麦播种前试制出了第一台牵引的棉麦两用播种机。经与普通接播种对比，它具有株距均匀、密度合理、节省种子等优点，工效提高六七倍。这种播种机的制成，为小麦播种抢了季节。

胡根恒十分注重对原有农机具的革新和改造，挖掘潜力，充分发挥其在生产中的作用。站上有一台拖拉机已经批准报废了。这台车原型号喷油头已不再生产，改用通用喷油头后，经常烧坏喷针，在大忙季节经常停机。

为了使这台废车不废，胡根恒把喷油头拆下来进行分析，发现烧针是由于喷孔小，温度高，喷针间隙没法调整造成的。胡根恒就改制了一个在体外可以调整的喷针，又对10多个部件进行了革新、改造，使这台车得到新生，而且一直运转正常。

胡根恒以这种不断前进、勇于创新的精神，多年来和工人一起，根据农业生产的急需，共革新和制造机引播种机、开沟犁、爬坡机以及密植耧、移苗器、摆播舞、手摇油泵、胶轮大车气门芯等 1 万多台、件，提高了农机效率，促进了生产的发展。

在办好农机修造站过程中，胡根恒深深感到一个人、一个修造站力量是有限的，只有不断提高各大队农机手操作技术和维修水平，才能适应农机化事业发展需要。

后来，胡根恒根据公社的统一安排，每年利用农闲季节，集中各大队农机手到修造站，进行二至三期短期培训，除传授农业机械操作技术和维修、保养知识外，还对经常发生的故障排除方法进行指导。

几年来，他们先后培训农机手 700 多人次，一般都达到了"三懂"和"四会"，即懂机械原理、懂操作规程、懂农业知识，会正确操作、会农田操作、会维修保养、会排除故障，使全社农机操作和维修技术不断提高。

胡根恒还根据季节和农机使用状况，带领职工深入大队巡回修理。同时，向群众和农机手传授各种农机具的操作规程、维修和保养常识，做好技术培训工作。他们还帮助各大队建立和扩建农机维修组，多年来支援各队常用的维修小工具 10 多种 500 多件，使全社达到一般的农机具小修不出生产队。

1979 年，胡根恒被团省委命名为新长征突击手。

20 世纪 80 年代初，胡根恒带领全站职工制订了一个 5 年发展规划，决心进一步办好农机修造站，为实现农业现代化贡献自己的全部力量。

本书主要参考资料

《中国知识青年上山下乡大事记》顾洪章主编 人民
　日报出版社

《中国知识青年上山下乡始末》顾洪章主编 人民日
　报出版社

《知青心中的周恩来》侯隽著 人民日报出版社

《风云七十年》郭德宏主编 解放军文艺出版社

《共和国开国岁月》张国星 何明著 中共党史出版社

《华夏金秋》柏福临主编 吉林大学出版社

《中国革命史丛书》于薇编写 新华出版社

《中南海三代领导集体与共和国科教实录》张湛彬主
　编 中国经济出版社